雀頭作品集

破唐案

裴氏手札・卷六：續枕中記

第一章

昔年

黃沙漫天，一反白晝時的酷暑，此刻城內城外彷若滴水能結冰，守城的士兵攏緊了緊氈裝衣領，卻怎麼也暖和不了身子，依舊是寒風刺骨、呵氣成煙。

胡祿箭囊內的箭矢已所剩無幾，手中握著的弓刮痕累累，上頭黏稠淤黑成一團團的，也不知是敵人還是自己的血……

城門外密密麻麻一望無邊際的大軍，火把烈烈，灼燒的煙硝和血腥味瀰漫四下，叫人怎麼也喘不上來氣。

「……我們會死嗎？」一個穿戴盔甲卻面目猶帶青澀稚嫩的少年，雙頰凍得發紅，血汙骯髒的臉上滿是恐懼與茫然。

疲憊靠在牆上的老兵勉強伸展著僵硬的手指，自懷裡摸索了半天，掏出了最後一截硬梆梆的氂牛肉脯，自己咬了一小口，頓了頓，而後遞到他跟前——

「吃！」

「羌木叔……」少年呆住了，眼眶一熱，儘管餓得飢腸轆轆前胸貼後背了，還是忍痛搖了搖頭。「我、我不餓，而且這該是嬸子給您留的最後一點子肉脯，您留著。」

羌木堅定地將肉脯塞到他手裡。「——吃！多一分力氣，就能多守一刻城！」

他話裡的未竟之意，少年卻一下子就明白了。

他們在這裡多守一刻，他們身後的家人在城內就能多一刻生機。

「謝羌木叔。」少年手指顫抖地將肉脯放到嘴邊，珍惜萬分地小小咬下一截，那冷硬透鹹的氂牛肉脯在唇齒間每咀嚼一下，都是和著淚吞嚥。

「……羌木叔，人們不是說大唐聖人是明主，唐兵也是仁義之師嗎？」

羌木僵住，布滿血絲疲憊的眼珠裡，俱是深深的麻木與蒼涼，怔怔地盯視著少年。

「羌木叔？」少年累極卻依然清亮的眸中，還有一絲殘存的希冀。「倘若……我等對城外喊話，好叫唐兵知道我們並無反意，是不是就能解了眼下的圍城之禍？」

羌木褐眸混濁，苦澀而憐憫。「……不重要了。」

少年目光迷茫困惑。

羌木嗓音粗啞，低若自語。「——在他們眼中，我們這座城和這些人，都注定不該存在。」

少年雖不明白老兵話裡背後隱藏的深意，卻也聽懂了今日恐怕終是個必死之局。

少年面色漸漸慘白，這些時日來拚命堅守的最後一股力氣，好似在瞬間潰敗消散殆盡，嘴裡難以嚼爛的氂牛肉脯也噎住了喉。

——爲什麼？

——到底是爲什麼？

——我們又做錯了什麼？

他眼眶充血，熱淚縱橫，恨恨地倏然起身，想對著城外大軍吶喊怒號質問出聲！

羌木神色大變，遍布厚繭傷痕的手想將少年抓扯躲回垛口旁的雉堞後，可來不及了……

隨著城外巨大戰鼓擂動的剎那，只聽得嗖嗖萬箭撕裂夜空之聲，如鷹唳風嘯而來，少年瞳孔上凝結的最後一幕，就是漫天黑壓壓矢雨逼近再逼近……

摧心裂肺的劇痛在全身上下爆炸開來，當頭一箭自少年額心穿腦而過，鮮血撒落，恍惚間，少年耳邊好似聽見了羌木叔嘶吼……又彷彿是臨行前，阿娘哽咽慈愛的叮嚀……

兒啊，阿娘不想你建功立業，只想你平安回來。

✦

某日山間

逆旅內，四牆均是粗木打造而成，大堂中只擺放了幾張矮案草席……一名老道士據案手捧大茶湯，就著盤炒豆子吃得噴噴香，另外一張案席則坐著個神情頹喪的落第書生，苦悶地自斟自飲。

鄉野逆旅自然無甚好酒，而落第書生盧元家中本有良田數畝，但此番為供他進京趕考食宿所用，也著實將十數年來積攢下來的家底耗空了七七八八。

長安居，大不易，盧元本次應考不中、落魄返鄉，踏出長安城前囊袋裡也只剩下了六、七百錢，尚且不足一貫。

話說如今天下太平，五穀豐收，坊間一斗米尋常也只需五文錢，可歸鄉途千里遙，二、三個月舟車旅宿折騰下來，離家鄉還有十餘日的路程，盧元手頭僅僅餘下一百文。

他再想買醉一解滿腹愁，也只得摳摳搜搜數算良久，才勉強點了碗最便宜的散酒喝喝。

只是散酒混濁，不但酒香稀微，更談不上甘甜辛烈，盧元只喝了一小口拙劣的酒漿，霎時險些吐了出來，好不容易掙扎著強嚥下後，越發皺眉苦臉，悲從中來。

遙想數月前，他猶置身繁華光耀的盛世長安，腹有詩書經綸，心懷凌雲之志，身邊齊聚的都是八方才華洋溢的學子考生……

他們寫詩作文，高談闊論，胸膛裡高漲盛滿的，或是對功名的熱情、對官途的野望，抑或是將來如何施展平生抱負，好為大唐、為百姓多做些實事云云。

可一場科舉下來，鯉魚躍龍門者珍稀，更多的是像他這樣青雲夢碎的舉子，瞬間被剝下了所有驕傲、尊嚴和夢想，踉踉蹌蹌跌落回凡塵間。

盧元手緊緊捏著粗陶碗沿，低頭死死憋忍住嗚咽聲。

「這位善人，」老道士不知何時來到了他矮案邊，笑吟吟地遞上了小半碟子炒豆子。「——來點兒？」

盧元急忙用袖口拭了拭眼角，眼眶紅紅，試圖恢復平靜。「多謝道長，不用了。」

「天下萬事都耽擱不了吃喝，」老道士隨意地一屁股坐在草蓆上，絲毫不顧灰色道袍皺巴巴兒，眉宇舒展歡然自在。「老道觀善人雖受一時困厄，將來卻是有大造化的……若教愁苦生生熬壞了身子，那就可惜嘍！」

盧元一震，年輕的國字臉上浮現一抹顫抖脆弱的喜悅。「道、道長？您的意思是……是我三年後中舉有望？」

老道士但笑不語，只是從隨身行囊裡取出了個兩端各有開口的青瓷枕頭遞予他。

「道長，這是何意？」他愣愣接過。

大堂另一角的店主正將洗淨的黃粱投入瓦罐中，隨手多加了兩根柴火，只等著水沸蓋上蓋兒，好生燜煮。

「睡吧。」老道士和藹的笑容裡有一絲說不出的蠱惑。「飽飽兒睡上一覺，你心中所願都會實現的。」

盧元以爲老道士是在安慰他，方才乍然而起的狂喜又似被澆了盆冷水，他苦笑了一下，本想將青瓷枕頭還與老道士，可鼻端間嗅聞著青瓷枕頭散發的幽幽氣息，似麝似檀又似草木香……

他一時間只覺眼澀腦鈍，止不住倦意陣陣上湧，打了個大大的呵欠。

「且安心睡下，」老道士微笑。「待飯熟了，老道自會喊你的。」

盧元迷迷糊糊間，當真在蓆子上躺下，以頭就枕……轉瞬酣然而眠。

✦

長安　裴氏別院

清俊矜貴的刑部侍郎裴行眞坐在紫檀榻上，身上那襲濃濃西域風情的蜀錦暗紋袍，是粟特巧匠何師的工坊所造，一匹值千金。

他黑髮如墨，以雁型簪綰髻，玉帶環腰，越發勾勒出青年男子腰身的矯健緊窄，英氣俐落。

拾娘看得出他今日是特意收拾過的，想顯露出自己氣色極好，好不教自己擔心，可今日這典雅富麗的袍子卻怎麼也掩蓋不了他俊美面容間的瘦削蒼白。

她冷豔玉容神情肅然，心頭酸楚悶疼難當，置於身後的手暗悄悄地緊握成拳。

「六郎，你近日可覺好些？」她開口時，嗓音卻沉靜如故。

回京後，裴行眞依舊遵循太醫的醫囑，日常皆用黑紗綢帶妥貼地遮覆眼前，繫於腦後，不讓日照陽光刺激瞳眸，僅有早晚上藥時方能解下片刻。

「拾娘莫擔憂，聖人命太醫署的王、田二位太醫令都得日日親自來盯著上藥，並賜下珍貴非常的清目養肝丹予我……」

他側耳傾聽，精準地朝向拾娘佇立的方向，說著說著，英俊清瘦面龐露出小小委屈撒嬌之意。「聖人還說，肝腎需得多加滋補，說不定眼傷就能痊癒得更快，還說什麼男人千萬不能腎不好，唉，六郎今早還是被強押著吞了藥丸子，才讓放行出來見妳呢！」

拾娘適才滿心的酸澀憐惜悵然，剎那間被那句「男人千萬不能腎不好」給滅了大半……背後捏緊的拳頭更是有些發癢。

——想揍人來著。

「拾娘怎地不說話？」裴行眞漂亮勻稱如玉雕成的大手伸出，微微試探地摸索著。「拾娘？」

她心下一軟，嘆了口氣，握住了他。「我在。」

他立時牢牢握緊了，不安的神情漸消，露出了一抹溫柔笑容。「我這十日被聖人扣在宮裡，始終不能來見妳，拾娘可也有像我惦念著妳這般記掛著我？」

拾娘心頭暖意融融，偏偏是個口拙嘴笨的，欲言又止輾轉掂量了半天，才鄭重地回以道：「——嗯。」

裴行眞笑了，雖然蒙著黑紗綢帶，未能展現往日鳳眸瀲灩、神采蕩漾的風姿，可嘴角躍然地上翹著，還是看得出他心中滿滿的歡悅暢快。

拾娘凝視著他，眼眶隱隱泛起刺痛熱潮。

京中各方勢力暗潮洶湧，裴相本就高踞百官之首，裴氏祖孫三代又向來深受聖人器重信用，所以儘管裴府並未因六郎眼傷之事，有什麼滿天下延醫求治的大動作，可無論朝野人馬都虎視眈眈地盯著……

裴行眞若眼疾不能好，落下了個眼瞎目盲的致命傷，自然也就不能再忝據刑部左侍郎之位，更要從此淡出仕途之外，只做個閒雲野鶴的富貴公子哥兒。

他曾是裴氏未來鐵打的家主繼承人又如何？數年來幹練睿智、破案如神又如何？

一個目盲之人，也就只是頭拔去了獠牙和利爪的老虎……

六郎身上背負的擔子本就沉重，周旋朝堂如足舞於刀尖之上，雖是聖人心腹，可伴君如伴虎，又哪裡有一霎可鬆懈之時？

但他儘管被病痛折騰得倦容消瘦，卻依然眉宇舒展神態愜意，不曾吐露出半分愁苦鬱鬱於人前。

可六郎越是這樣，她越是心疼。

「……拾娘，這些時日我不在，可有人爲難妳？」他緊緊牽握著她的手，溫柔地輕聲問。

她微微一笑。「不曾，有誰敢爲難我？」

倒是前來攀親帶故的、刺探打聽的不少。今日晌午，就連她阿耶舊年時的一名袍澤，如今在兵部負責軍戎調遣，任從五品上郎中一職的戴郎中，都在大街上與她「偶遇」，拉著她說了好一通與她阿耶的昔日軍伍兄弟情。

這位戴郎中生得人高馬大、虎背熊腰，樂呵呵的模樣十足是個粗豪的兵痞子，在長安大大小小的官員裡也不算顯眼，可拾娘從來不敢小瞧能在長安城裡站穩腳步的任何一個人。

況且，能在兵部裡混到了軍戎調遣的郎中，負責掌管軍需武器、甲冑、羽箭的，又怎會是個簡單人物？

要心眼子套話並非拾娘的強項，可她優點是始終如一的話少，面無表情，對於這位叔伯的任何親近談舉，一貫地點頭稱「是」、「不是」、「還好」、「有勞」。

惹得那位戴郎中臉上豪爽笑容險些掛不住，只隨口讓她若是得閒有空，就到大通坊家裡坐坐認認親，還咕噥感慨了句秋寒什麼的，便攏緊了緊身上的袍子，匆匆告辭了。

連老母鷹護崽似地戍衛在她身側的赤鳶，見狀都忍不住冷冷地補刀一句：

「——這長安官場果然『養人』，連扔進顆熊蛋都能給生生染黑了。」

「咳。」饒是在軍中聽慣了糙話的拾娘都嗆著了。

「阿妹，」赤鳶淡漠的美眸有一絲擔憂地望向她。「可要飛隼傳書回去問問這人？」

她垂下目光，搖了搖頭。「——我心中有數。」

阿耶那裡，尚且不能有絲毫動靜。

京中這一潭子水詭祕不可測、幽闇難窺察，便是需得有人伸手攪渾了，激出些牛鬼蛇神、魚蝦深淺，也不該是阿耶。

卓家軍是她和阿耶的底氣，可同時也是牽制，京城內外這麼多雙眼睛盯著呢！

否則，當年李靖李衛公也不會在陰山之戰大勝凱旋而歸後，便立時上交兵符，稱多年征戰舊傷復發，向聖人告長假回府調息安養。

這麼一調養，便是十一年過去了……

「要不，想法子通知裴侍郎吧？」赤鳶注視著她。「即便文臣和武將的路子不同，但長安人有長安人的玩法，這些文官個個奸滑得很，裴相、裴侍郎都是千年狐狸轉世的，只怕稍稍抬一抬眉毛，都能輕易揪出箇中龜腳來！」

她沉默了。

若換作往常，不管是與各類案子相關與否的大小事，她自然都會想與六郎交流一二，可六郎眼傷嚴重，回京後就馬上被聖人召進宮中治疾，便是裴相都不能輕易得見，何況是她？

且拾娘也不想讓這點子事去打擾六郎的療程，他自那日受傷起，依然奔走於董丹娘弒父案和薛家女命案中，耗損心力精氣，又耽誤治眼良機……

如今，沒什麼比治好他眼傷重要！

並非她因私忘公，而是長安如今暗流處處，她不是文官，看不清朝政那些機鋒，可她自十四歲起便隨父上戰場，對於殺氣的感知素來靈敏非常。

眼下哪怕放眼望去，自皇城至長安一百零八坊依舊繁耀鼎盛、錦繡鋪地，沒有一星半點不祥灰敗之兆，可那漸漸圍攏上來的肅殺之氣，卻讓她心中隱隱不安，日漸深重。

六郎必得靜心養傷，快些好起來，否則不說解不了危機密布的局面，恐怕還會危害到他的性命……

「拾娘。」裴行眞輕喚。

她回過神來。「嗯？」

「我們帶回了密帳，京中有些人只怕坐不住了。」裴行眞牽著她的手緩緩起身，高大修長的身軀和她靠得有些近，近到她能仔細地嗅聞到他身上的檀香和一絲在皇宮中沾染上的龍涎香。「若有人擾妳，無論是誰，千萬要說與我知道，拾娘……我擔心妳。」

拾娘心頭輕輕一顫。

以前，每每在軍中見弟兄們赤裸著上身，只套著件大短褲兜子跑來跑去的，她哪怕連眼皮抬都不會抬一下。

可自從和六郎兩心相許之後，她這身泰山崩於前而面不改色的淡定功夫，就不好使了。

如同此刻，只要他稍稍靠得自己近些，她就能清晰地察覺到他的氣息、體魄的熱意、那絲絲縷縷獨屬於他長安貴公子的氣度蘊藉風流，還有他對自己的濃濃眷戀歡喜之情……

這才知道，她原來也是會心動，會跳得如擂鼓那般快，會面紅耳赤桃腮發燙，就像那些個閨中懷春思念著心上人的女郎一般。

打從自己習得一身好武藝，上陣殺敵多年以來，取人性命如砍瓜切菜般利索，多是她在保護他人，可眼前這俊美斯文一身書卷味兒的六郎，卻總是擋在她前頭，處處想方設法地護著她……

拾娘仰望著他，心頭既有千言萬語想說，卻也想靜靜偎靠在他胸膛前，只聽著他穩健有力的心跳聲便好。

以前總覺流光匆匆，辦案查案，一連軸忙轉起來連時辰都不夠用，可自他進宮這十日以來，她才知原來每一天每一夜竟能有這麼漫長。

「怎麼了？」他聽不見她的回答，又見不到她面容上的神情，不禁有些心慌。

她輕輕抬起手，摸了摸他瘦削的面頰。「——六郎，兩位太醫令可說了你眼睛何時能痊癒？」

「太醫令說……」他警覺起來。「拾娘轉移話題，所以眞是有人先行刺探過妳了？是戶部？還是兵部？」

她一怔。

他追問：「戶部的總部？倉部？亦或兵部的駕部庫部司？敢近身問到妳跟前的，至少也得是個郎中或主事了，他們用的是什麼名義？與我有舊？抑或是妳阿耶故人？」

「你如何得知？」她蹙眉。「赤鳶阿姊竟同你說了？」

他搖頭。「赤鳶是妳卓家的兵，一心只有妳和妳阿耶，若妳想瞞我什麼，赤鳶又如何會透露給我知曉？」

「那你怎麼……」她猶豫。

「孫刺史盜藏賦稅，做陰陽密帳，總不會只爲貪圖收攏至自己囊中所有，百萬財帛，只怕撐也撐死他了，」他笑了笑，語氣有一絲輕嘲。「若說京中沒有倚仗，誰信？」

她喃喃：「是啊，又有誰會信？」

「天下歲收盡歸於戶部，這管錢財的衙門，油水最多，也最易生碩鼠蛀蟲，帳冊在衡州追不回，京裡接線的人定然會坐不住，我在宮中，他們等閒不敢伸手，妳卻日日在刑部當職，他們找不著我，自然一腔心眼子都算計到妳身上去了。」

「這些時日確實有些冒頭的，不過都不難打發。」她生怕他憂思過度，一筆帶過。「況且，我也不是什麼好欺負的軟蛋。」

裴行眞忍不住笑了，與有榮焉地喜孜孜道：「是也是也，我家拾娘只需一個手起刀落，隨隨便便都能殺得他們狗頭滿地滾呢！」

「嗯。」拾娘摸了摸鼻子，雖然被讚得有些靦腆，自然也不否認。

「我家拾娘好生了得，」他笑吟吟。「不，是最了不起。」

她難得覺得臉皮薄，清咳了一聲。「——對了，六郎，當日你我二人在烏峽水驛一方面誘敵，另一方面趁機將帳冊夾藏於傳驛兵走水路送回京城，只是沒想到那時糊裡糊塗上鉤的卻是鹽梟……可惜玄機玄符他們走陸路時，碰到的是死士劫殺，也未能從中查出幕後主使者的蛛絲馬跡。」

他聞言，不禁靜默了默。

裴行眞心中隱隱有愧，因爲自己對拾娘瞞下了玄機玄符報上的，死士用的是唯聖人能調動的玄甲軍精鋼黑羽箭。

可會對她有所隱瞞，一來是他不信死士是聖人所指派，二來是不願再打擊拾娘的士氣。

她本就對「張生案」中崔鶯鶯和陸大娘子即將秋斬之事耿耿於懷，後來「紅綃案」裡的所見所聞，又更讓她對長安的廟堂官宦紛爭等，生出了厭惡不喜之情。

若非他信誓旦旦，定會秉持律法正義、天理昭昭，將背後翻雲覆雨、草菅人命的主謀者繩之以法，只怕拾娘早就斷然策馬回了蒲州。

長安光耀鼎盛如烈陽日正當中，可腳下的影子卻也深黑不見底……

裴行眞不願拾娘這樣光明磊落的人，對長安失望，對大唐失望，也……對他失望。

他低聲道：「大唐天下疆域劃分十道，江南道爲魚豐稻熟之鄉，衡州每年上繳賦稅尤其驚人，如何不受各方覬覦？何況，戶部裡眾多勢力盤據，總會有狗腿子爭相替主子出面謀事，所以戶部是乾淨不了的。」

「你本就有密奏之權，而帳冊既然從傳驛兵這條線順利送到了聖人跟前，這十日你在宮裡，聖人可與你提過此事？」她也壓低聲音問：「聖人……要大查嗎？」

「聖人只說『知道了』，而後便叮嚀我專心養眼傷。」

拾娘英氣的眉毛挑起。「聖人這是何意？」

「我們只管做我們該做的事，聖人……都明白的。」

「……」若不是對聖人英主有著天然的敬畏之心，否則拾娘眞有那麼一剎那想罵娘。

不過幸虧她還是忍住了，憋了老久，才勉強擠出一句聽著不那麼咬牙切齒的話——

「那，你又是怎麼想到兵部會有人來找我？」

「還記得驛站命案中，那些缺漏消失的驛馬嗎？」

她神情嚴峻了起來，低道：「你是懷疑兵部有人私自買賣驛馬？驛馬同戰馬，按唐律來判，那可是抄家滅族的死罪，他們怎敢？」

「——朔北有異動。」他忽而貼近了她，大手輕攬住她筆挺纖腰，俯身做出擁抱般的親暱之舉，靠近她耳畔，唇瓣輕語的內容卻石破天驚！

她一震，倏地想起了庫部戴郎中臨走前，望向天空一角，忽然沒頭沒尾地感嘆了句——

「今年秋寒來得早，看！要變天了。」

當時戴郎中眺望而去的天空方向……正是北方！

她手猛地抓住裴行眞的肩頭，力氣之大，連捏痛了他也不自覺。「六郎，庫部戴郎中今日晌午與我偶遇攀談，他東拉西扯的，聊及同我阿耶舊日袍澤情景，還讓我近日若得閒就去大通坊找他，臨走前望著北方說要變天了——他定然是知道些什麼的！」

他鮮少見拾娘有這般失控的時候，忙安撫道：「好，妳莫心急，我立時令人備馬，我們現在就去大通坊找他問個明白。」

「好！」她隨即愣住，遲疑道：「現在？能嗎？此時坊門已關……」

唐律嚴令有載：閉門鼓敲響後，開門鼓敲響前，犯夜者一律鞭笞二十，若有吉、凶、疾病之類「公事」，需取得准許出行的文書和出坊的文牒，否則依然不可放行。

她知道六郎有聖人特賜通行縱橫的金魚符，但大通坊遠在西市，自朱雀東街第五縱列居中的新昌坊——裴氏別院，到朱雀街西第三縱列的大通坊戴家，想抄近路橫切而至，這中間就要叫開一重重坊門，動靜甚大。

若是採縱馬馳走大街，馬聲蹄蹄，驚動的便是各處龍武軍和武侯了。

拾娘倒不怕自己和六郎被言官痛加彈劾，但她擔心這麼大張旗鼓去到大通坊，戴郎中即便真有祕密想要說，嚇也給嚇回去了，如何敢開口？

且萬一打草驚蛇，那就更得不償失了。

「多耽擱一刻，越恐突生變故，況且妳既心中有所猜想，今夜不得解疑，定是連覺都睡不了，不如現下就去尋個答案。」他摸索著伸手撫了撫拾娘緊蹙的眉頭，柔聲道：「——別怕，有我在。」

她心口一熱。「多謝六郎。」

◆

裴行眞讓慶伯把馬兒紅棗的四蹄都包上了兔毛軟緞，一旦全力疾馳起來也是落蹄無聲。

拾娘見狀不由暗嘆自己當眞是急昏頭，這「人銜枚、馬裹蹄」乃軍中祕密疾行或襲敵時的手段，方才怎地給忘了？

不過，即便她想起，自然也絕不敢擅自在長安城天子腳下這般行事，也虧得六郎雖眼疾不能視物，心思依然敏銳通透，還手持聖人所賜金魚符，便是在全城宵禁下依然能破開一條道兒！

兵貴神速，又爲免打草驚蛇，按拾娘原本心中盤算，等祕密敲開了大通坊坊門，再向坊正詢問兵部戴郎中居處。

但她萬萬沒想到馬兒「紅棗」越過坊門的當兒，坐在自己身後，單手環擁著她纖細勁腰好維持在疾速下不墜馬的裴行眞，忽地湊近她耳畔輕語——

「直行過七戶後往右第一條內巷，再行十過十戶，就是戴郎中居所了。」

她一凜。「六郎怎知？」

「拾娘忘了？聖人曾命我在六部輪番見習過，吏部百官冊我亦通覽牢記，如今兵部七品以上主官姓戴者唯有一人，若我記憶不錯的話，此人名爲戴天柱，武德二年末入軍伍，歸編於當時齊王麾下陣前小兵，因憨厚悍勇，很快成了伍長。」

她目光微閃。「我阿耶也是那年入的軍。」

可自從她幼時有記憶起，阿耶都是跟隨著衛國公李靖的，而當時李衛公始終效忠的都是秦王，也就是當今的聖人。

戴郎中說自己與阿耶是舊年同入伍的袍澤，難道阿耶那時投的也是齊王底下的軍隊？

她怎從不曾聽阿耶提及過？

裴行眞續道：「——武德三年初，齊王受高祖命守并州，劉武周來襲，并州失陷，齊王慌亂間攜妻妾逃回京，是戴天柱領著底下幾個兵衝出封鎖，拿命對外報的信。」

她心下震動，熟練地驅策著「紅棗」安靜無聲地奔馳過七戶，在內巷入口處右手握韁一勒一揚，精準地操控「紅棗」流暢地撒蹄折轉而入，忍不住追問：「——後來呢？」

「戴天柱幾人從屍山血海中衝滾出來，恰好撞見聖人……就是當時的秦王大軍，秦王收下了他們這幾個忠義的弟兄，收編入秦王軍內，」他陳述昔年舊事，至此聲音壓得更低了。「齊王棄守并州，頗受朝野群臣非議，然高祖和聖人都憐惜他年少，並未多加苛責，後武德三年末，還是聖人親自領軍收復的并州。」

拾娘蹙眉，略有疑惑。「按此說來，若論功行賞，戴家阿叔現如今怎會只是兵部裡的一名郎中？」

馬蹄恰巧在此時頓停，裴行眞沒再敘說，只是側耳傾聽。「——這是到了嗎？」

「是。」她抬頭，看著面前懸掛著兩只粗獷竹編燈籠的大門。

此處是長安中、下等官員在西市慣常的居所規模，按圍牆左右占地所屬，裡頭建築約莫只有兩進。

拾娘蹙眉。

這又符合了她方才的疑問——

以戴家阿叔功勳和武勇，即便不能如阿耶或其他同輩叔伯那般外放駐守，爲一方守疆大將，至少也不該僅僅只是個後備的兵部庫部郎中罷？

若換作貞觀六年前，大唐疆域未定，高祖和聖人逐鹿天下，各地戰火正酣之時，兵部各部司可是重中之重的熱衙門。

當時非高祖和聖人的親信不得掌管，便是生怕前方仗打得激昂，大後方卻有人捅冷刀子。

然，自陰山之戰後，唐軍大敗東突厥，隋朝義成公主亦死於此場戰役中，蕭皇后和前隋煬帝之孫、東突厥頡利可汗等人遭俘，被遣送回長安……從此硝煙止息，朔北安定。

兵部也從熱火朝天之勢，漸漸退回了六部裡原來的位置，簡而言之，如今兵部中的庫部就是養老的地兒，還遠遠不如駕部的風光。

在伸手敲門前，拾娘靠近裴行眞，小聲問：「——戴家阿叔是不是在武德三年後，曾犯大錯，就此沒了在軍旅征途上施展身手的機會，這才淪至庫部爲郎中看管？」

「拾娘心慧。」他輕道。

她想知戴郎中犯的是何事，卻也明白眼下並不是時候，便立時收攏心神，舉手扣了扣大門。

沉悶厚重的敲門聲在夜裡低低響起……

裴行眞和拾娘靜候了十幾息，始終不得裡頭有人腳步聲來，霎時隱約察覺不對。

即便庫部再是冷衙門，按從五品郎中的俸祿，想僱用些奴僕守門服侍灑掃，抑是輕而易舉，尤其軍旅退下的主將，更慣常安置些傷殘的老兵士爲部曲，既全了袍澤情義，又給其一條安養頤年的生路。

縱使入夜，主僕諸人睡得沉，也不該毫無聲響反應，且晚風陣陣吹裹而來，當中竟彷彿夾雜著一縷異常的腥臭味……

兩人心下一凜，思緒電光火石剎那，只聽裴行眞低喚一聲——

「拾娘！」

「喏！」她眸子精光一閃，霎時提氣縱身，悄然無聲地高高足踏壁牆，如鷹隼疾然騰躍而過，消失在高牆之後。

第二章

……須臾，就在裴行眞不敢貿貿然闖入卻等得心焦的當兒，大門咿呀地開了，下一霎，他感覺到拾娘布滿刀繭的微涼手掌握住了自己的手。

「出事了？」他嗓音沙啞。

拾娘神情冰冷難看，眸中燃燒的怒火裡蘊藏著一絲痛色。「戴家阿叔一家三口連同僕奴部曲共六人，全死了。」

裴行眞一震。

拾娘深吸了一口氣，牽引著他繞過古樸的影壁，踏入一進前的前院，就見橫七豎八趴伏倒臥在長長矮案上的諸人。

她適才已經初初驗查過了，戴家人中的是見血封喉、見效奇快的劇毒。

坐於主位上的戴郎中大手痛苦地抓著自己頸項，嘴邊流涎，酸臭嘔吐物吐得案前一場糊塗。

戴大娘子和一名未及弱冠的少年，以及同席的三名奴僕部曲，雖呈現不同姿勢地倒地或趴伏，卻人人都有相同的流涎和嘔吐現象。

「是中毒！」

因裴行眞眼傷之故，拾娘聲音緊繃而急促地向他敘述了現場眾人情況：「——大人，二進廳堂廂房屋舍均無其他人，屋中也沒有遭人入室掠奪盜竊的痕跡。」

「下毒殺人，行凶者手段隱晦，若非心有大怨仇殺，便是不想驚動四鄰滅口，」

他思忖，輕聲道：「拾娘，席上有主有僕六人，死者當中可見有僕婦？」

她深吸了一口氣。「席上死者內，確實有僕婦一名，其虎口、食指有繭，卻非行武習武之人，看著是長年握菜刀砍肉切菜磨出的老繭，應該就是戴家的廚婦。」

「廚婦也死了？」

「是。」

他一靜，隨即道：「可查得出毒下於菜餚或湯茶酒水上？」

「我方才先行用銀針試過酒菜湯食，並未見黑，應非鶴頂紅、砒霜之毒，」拾娘道：「——席上有一盆子炙鵝肉，一盆子燉蘆菔和羊湯，還有胡餅若干，戴家阿叔和兩名部曲喝的是雄黃酒，戴大娘子和少年與廚婦面前均無酒水，只各自有一碗殘底的羊湯。」

「雄黃酒？」裴行眞一怔。「如今時序入秋，並非端午盛暑，該喝的也是菊花酒而非雄黃酒，戴家今日怎想起喝雄黃酒來了？」

拾娘搖了搖頭，眼神鬱鬱。

裴行眞若有所思。「不過戴大娘子等三人未飲酒水，卻也相同中毒身亡，看來那毒物恐怕是下在羊湯內。」

尤其羊湯白濁，羊味兒大，起鍋前常會撒上大把胡椒、芫荽、蔥薑等辛香輔料，湯鮮濃郁滋味複雜，自然也最能完美地掩蓋住毒物的異常氣味，令中毒者入喉不覺，等毒進肚腹時已來不及了。

「是，我也做此猜想，不過待會通知刑部來人，還是須將所有席上酒菜盡數收繳，待我剖驗完……戴家阿……戴家主僕等屍首，確認毒物爲何，再請刑部的醫士偕同辨認。」

「好。」他神情靜肅。「我雖目不能視，也可暫且在此處望風，有勞拾娘在武侯和刑部眾人來前，先仔細查檢戴郎中屋宅中可有其他線索異狀，尤其灶房，務必查驗詳細。」

「我明白。」

「……另外，需得讓人問問左右鄰舍，問他們知不知戴郎中家尋常用飯時，是否都習慣主僕同席而食？若無此慣例，又可曾聽說戴家人提及過，今日是什麼特別的日子？」

「主君與部曲同席飲宴同歡，尚且說得過去，但連灶下廚婦都上了桌，確實極爲罕見。」拾娘目光閃電般地掠過席上。「若說下毒者是廚婦，她爲何連自己也給毒死了？即便是同歸於盡式的仇殺，這也——」

他接續道：「——也未免太過巧合了。」

「是，」拾娘眼神凜冽，隱有暗怒。「早不下毒晚不下毒，偏偏選在今日，戴家阿叔晌午見了我，晚間就舉家毒發身亡，可見他的一舉一動都在他人監視之中，可若是爲了殺人滅口，掩蓋些什麼，如何鬧出這般大的動靜？這可是六條人命！」

「爲以防萬一，寧可殺錯。」他面上神情隱誨，靜靜地道：「人命於妳我而言，十分重要，可對於某些人來說，都是螻蟻。」

踏死一隻和無數隻，又有何異？

拾娘呼吸濁重。

裴行眞腳步上前，微一踉蹌，大手摸索著緊緊抓住了她的手，卻只碰到了只死死攢握的拳頭……

「我們會抓到凶手的！」他暗啞有力地承諾。

她回頭望向他，接觸到的卻不是往常深邃溫柔堅定的瞳眸，而是被牢牢蒙在他眼前的黑紗綢帶，心中一痛。

「即便是抓到了，人死亦不能復生。」她喉頭苦澀。

如同他的雙眼，已傷重至斯，恐怕再也無重見天日的那一天。

「拾娘……」

「如果，」她緊繃的嗓音裡有一絲岌岌可危的破碎。「如果當時我再多問他幾句，甚至再多留他片刻，只要我聽他說完他眞正想說的話，祕密一暴露於人前，也就沒了滅口的必要。」

就像那日在山崖上，若是她的動作再快一點，就能及時阻止鹽梟手中的生石灰撒濺入六郎的眼……

都怪她疏忽了！

他感覺得出她拳頭在顫抖，忙伸手將她緊擁入懷裡。「不要自責。」

「裴拾娘在戰場上本是一柄最鋒利的刀，可退下來這些年，我竟生鈍了，」她被摁在他胸膛前，身段依然僵硬木然，未有絲毫軟化。「大人，我——」

「胡說！」他語氣霎時嚴厲起來。「這世上本就沒有人能眞正熟掌天下人、天下事，再百密籌謀者也有一疏之時，況且今日之錯，錯在下毒行凶者，錯在生出殺心那人，而非未能未卜先知的妳！」

拾娘一僵。

他冷斥道：「妳怪自己，便負了司法參軍這一職的尊嚴，也遂了幕後眞凶之心，妳願如此嗎？」

她倏然驚醒，閉了閉眼，再睜開時已然恢復了冷靜。「是我想岔了。」

「妳心能亂，可不能把自己也搭進去。」他神情漸漸和緩，大手下意識憐惜地撫順了順她筆直如紅纓槍的挺秀肩背。「——拾娘，有妳在，我們定能抓到凶手，爲戴家主僕六條性命討回一份公道。」

「六郎……」

「我們不會讓他們白白冤死。」

「是。」拾娘凝視著他，低喃重複。「不能讓他們白白冤死。」

無論幕後眞凶目的爲何，其身分又有多高，她定都要追查到底！

「對了，妳遇戴郎中之時，可有察覺他神色語氣有何異狀？」

拾娘回想，「我不曾見過戴家這位叔伯，所以無法分辨他神色語氣與早年有何不同，但他出身行伍，縱使上了年紀，依舊身姿筆挺，行走間也不改軍人氣勢，只是……」

「只是什麼？」

拾娘沉吟。「許是在庫部司久了，不再如往常那般日日鍛鍊體魄，他皮膚隱隱透青，有脫髮之象，腳下有些虛浮。」

等等，不只是戴郎中，方才她匆匆檢掠過中毒身亡的戴家諸人，好似氣色皆如此……

有種什麼在腦中一閃而逝，她卻怎麼也捕捉不到。

「怎麼了？」

拾娘深吸了一口氣，「我還得再想想，等驗完屍再說。」

✦

盧元醒來時，卻發現一群衣著光鮮的奴僕正圍繞在他身邊。

他茫然地看著奴僕恭敬又歡喜地催促著他——

「阿郎您終於醒了，幸好趕得及上任……」

「是呀，阿郎這一覺睡得可夠久的，奴等在這裡已經守了一天一夜啦！」

「這一路風塵僕僕，阿郎也是辛苦了，好不容易尋了個店子歇腳，無怪乎睡得那般熟。」

盧元嚇了一跳，迷迷糊糊掙扎著爬坐起來，卻發現自己屁股底下坐臥著的雖然還是粗樸簡陋的草蓆，可身上蓋著的卻是條刺繡精美的錦被。

且他這一低頭檢視，才驚愕地發覺身上所穿也非自己熟悉的粗布衣，均是用好料子裁製而成的綠色綢袍。

「我……」他呆愣，反應不過來。「你們……」

——是誰？

一名管事打扮的中年人朝他持執手禮。「奴等本該在今日過午時護送您抵達州府，與主母會合，現下時辰不早了，還請阿郎速速起身上車趕路，切莫讓主母等得心焦。」

「你們喚的阿郎原來是我？」他心臟怦咚怦咚跳得老快，結結巴巴。「可我……等等，那、那你們口中的主母又是誰？」

管事失笑。「阿郎想來是睡懵了，猶以為身在夢中尚未醒來，竟把自己和主母的身分都給忘了。」

「我不……」盧元自然十分清楚自己的身分，正想開口辯駁解釋，可恍惚間，又有種奇異的衝動阻止住了他。「那，你又是何人？咳，我這一番好睡，腦子確實渾沌了。」

「奴賤名周號，是阿郎府上的管事。阿郎您貴姓盧，名元，字騰高，進士登第後娶清河崔氏貴女為妻，」周管事拱手一揖。「近日您受朝廷調派至朔北任牧馬使，行至洺州邯鄲道中，阿郎累極便在此逆旅歇息，如今多耽擱了一日一夜，主母那頭未收到信兒，還不知怎麼個急法呢！」

「我高中進士了？我竟得以高娶崔氏貴女爲妻？還受官至朔北任牧馬使？」他驚叫。

不啻一個又一個美滋滋的羊肉和巨勝奴砸在頭上，將盧元砸得暈呼呼的，想狂喜地仰天長笑，樂得手舞足蹈，可又覺著眼前一切虛虛浮浮，彷若鏡花水月般……他忍不住狠狠地掐了自己大腿內側軟肉一記！

「嘶——」盧元瞬間疼得齜牙咧嘴。

「阿郎這是在做甚？」周管事和奴僕們看得傻眼。

「哈哈哈哈……」他狼狽地揉了揉腿，心跳如擂，一咧嘴便抑制不住笑得彷若癡兒，見管事奴僕們目光驚疑，這才趕緊掩飾地咳了兩聲道：「無、無事，我適才的確是魘著了，咳咳，那事不宜遲，我們快些趕路吧，可不能讓娘子久等了。」

「喏！」眾人躬身執手。

盧元被眾人簇擁著離開旅店，登上用良木打磨得油光水亮、氣派寬敞的馬車上，拉車的是兩匹高大駿馬，車前有部曲策駒開路，車後有一架平常些的馬車載送行裝箱籠等雜物，由三、四名壯年健僕或騎馬或隨車護送。

盧元怎麼也沒想到自己出行這般風光，奴僕如雲、前呼後擁，在眾人恭謹尊稱的一聲聲「阿郎」中，漸漸地，他對於這一切越發有真實感了。

他強忍著去翻看後頭那車架裡的箱籠，自己都擁有些什麼好寶貝的衝動，喜不自勝又難掩忐忑地坐進了擺設富貴的馬車裡。

馬車裡連迎枕都是綢緞做的，上頭用金絲銀線繡著流雲百蝠等吉祥圖案，還有一只檀木矮案，一卷記載朔北風土民情的本子還半攤開著……

「這不是夢罷？」他自言自語，又想掐自己的肉，還是忍住了，咕噥道：「即便是夢也好，只盼這夢醒得再慢一些。」

此時此刻，盧元頗有莊周夢蝶之惑……

——究竟是那個懷才不遇落第子盧元是真？還是眼下這華衣駿馬醉春風的盧元，才是真正的盧元？

在馬車搖搖晃晃中，他不斷這邊摸摸那邊看看，又撫著自己身上的錦袍，還有繫在腰帶間那一方水頭潤澤昂貴的玉珮絡子，傻笑連連。

「……也不知我妻崔氏貴女生得模樣如何？」他歡喜得滿臉發光。「那可是清河崔氏嬌養出的金枝玉葉呀，想來定是貌美如花、氣度嫻靜，飽讀詩書又善主持中饋的好娘子，我盧元當真是上輩子燒足了高香，才能有這般好大的福氣。」

黃昏將至，車駕一行人總算趕在州城門關閉前及時抵達，盧元看著攔檢查核的守城兵，本能低頭要自隨身包袱裡翻找出過所，可見左右空空，不由一慌——

包袱呢？他的包袱呢？糟，落在逆旅裡了！

「周管事，我的——」盧元急忙忙掀開車簾。

可一探頭，卻見周管事昂起下巴，隨手將幾份過所遞與守城兵，傲然道：「我家大人今日經洺州邯鄲道，只在州城過一夜，明日便要去往朔北靈州上任，過所在此。」

守城兵看清楚了擺在最上頭的那份過所，忙點頭哈腰。「原來是長安太僕寺來的盧大人，失敬失敬……兄弟們，放行！」

「喏。」手持長槍的眾守城兵迅速退開，讓盧元一行人車馬順暢通過。

盧元默默地將腦袋縮回了車簾之後，卻有股心氣在胸口熾熱膨脹起來，眼神逐漸浮現起一抹高昂的狂熱。

「盧大人……我是長安的盧大人……」他呼吸急促亢奮，不斷低喃重複。

◆

刑部的驗屍班房裡，一貫地陰涼幽冷，室內縈繞著蒸發的酒醋味、除穢丹燃燒時的藥氣，還有屍首混合著血腥與腐敗臭味的可怖氣息。

拾娘以布蒙住口鼻，手中銳利小刃靈活熟稔地劃開了戴郎中有些消瘦且舊傷遍布的胸膛……

死者腹膜腔內有不少淡黃色腹水，肝與腎表面點點出血，胃囊內除卻食物酒羹殘渣外，還有大量紅中帶黃之物滯留。

她瞳孔微微一縮。

——這是什麼？

而在相隔不遠處的班房內，裴行眞漏夜招來了玄機和玄符，悄聲各自吩咐了兩句，神色緊繃的玄機玄符二人隨即領命而去。

赤鳶駐守在門口，美豔而煞氣騰騰的面上冷色更深。

「赤鳶阿姊，妳無須守在此處，自去幫拾娘搭一把手罷。」他微微側首，開口道。

「阿妹說過，讓我守著大人。」赤鳶淡淡道。

「這裡是刑部，裡外守衛森嚴，我不會有事的。」

赤鳶高高一挑眉。「你們長安魑魅魍魎多得很，刑部也不見得乾淨到哪裡去，阿妹讓我在這裡守著，如果讓你糊裡糊塗被人割去了首級，我如何對阿妹交代？」

他有一絲啼笑皆非。「何至於此？」

「戴郎中是兵部主官之一，住在西市的武將官吏堆裡，還不是一下子就遭人滅了滿門？」赤鳶哼了聲，眼底閃過怒色。

大唐的兵沒死在戰場上，反而在天子腳下的長安城自家居所裡被害，甚至禍延家人……究竟是何方畜生下的毒手？

裴行眞即使雙目看不見，也聽得出赤鳶語氣中濃濃的盛怒與殺氣。

他無聲喟嘆。

「裴大人不必勸我。」赤鳶冷冷道。

這長安誰是人誰是鬼，難說得很，她只聽阿妹的。

就在此時，一個沉穩腳步聲緩緩而來……

「站住！」赤鳶瞇起眼，閃身阻擋，喝住。「未經裴大人允可，誰都不許入。」

「刑部是大唐的刑部，是聖人的刑部，還不曾聽說過，幾時成了裴家的私產？」

夜色裡，高眺清瘦的青年踏現於人前，隱含嘲諷。「本官是刑部左侍郎，這裡是刑部的地界，我如何來不得了？」

赤鳶高高挑眉，不見退縮，反而來了興致。「原來你就是刑部左侍郎方毅之。」

背靠中書侍郎徐晉忠那個老賊，在刑部裡拿著公書案牘的死板規矩管東管西，處處想藉機牽制裴大人這一頭的手腳。

前次他們從衡州辦案回來，小吏捧著他們一行人吃住用度的錄帳要去報帳，就被這方毅之給狠狠刁難了。

赤鳶平生第一痛恨背叛兄弟的己軍，第二就是這些光會耍弄官樣文章的狗東西。

「卓家軍赤鳶娘子好眼力。」方毅之一拱手。「如此，這班房本官可能進了？」

赤鳶正想叫他滾，卻聽得內間的裴行眞清雅低沉嗓音響起——

「赤鳶阿姊，請方大人進。」

赤鳶嗤了聲，還是稍退一步。「——進吧！」

方毅之看著容貌豔麗濃烈卻宛如殺神的赤鳶，視線陡然落在她左手拇指上，那模樣樸拙、色澤發黑卻痕跡斑斑的佩韘上……心頭一震。

「看什麼？」赤鳶下意識握拳圈遮住左手拇指。

「赤鳶娘子這佩韘……」方毅之神情回復如常。「瞧著舊得很。說起卓家軍每年軍餉不少，竟也沒能幫妳換只新的，若遇臨場對敵要射箭之時，這佩韘裂了，豈不拖了赤鳶娘子的後腿？」

「干你屁事？」赤鳶眼底閃過一絲冷戾防備。

方毅之笑了。「抱歉，是方某唐突了。」

赤鳶這次連個眼神都懶得給他。

裴行眞傾聽著方毅之腳步聲近，在自己面前膝坐而下，「……三郎同赤鳶娘子相識？」

「不曾見過，只不過是素來久聞赤鳶娘子威名，方才有緣得見，」方毅之淡然道：「今日刑部六具屍首還不夠六郎忙的，怎地突發好興致對我問起這些個芝麻蒜皮、微不足道的小事來了？」

「我如今不能視物，卷宗也翻查不得，只能靜心等卓參軍驗屍結果，長夜漫漫，總得尋些閒事來打發時間，我聽你適才對赤鳶娘子頗爲關注，便以爲……」裴行眞微微一笑。「確是我多想了。」

方毅之卻不與他繞彎兒打禪機，單刀直入道：「兵部來要『人』了。」

裴行眞神色平靜。「不給。」

「按唐律，我刑部只對庶民和七品下吏有行刑權，若遇非常時期，雖有權越過京兆尹和大理寺、御史臺辦案，可如今死的是兵部從五品上的一名郎中，茲事體大、牽涉甚廣，兵部按律也有資格插手此事。」方毅之平鋪直述事實。「況且兵部尚書親自向劉尚書討要，你我不過是左侍郎和右侍郎，自然得聽命於上官。」

所以戴郎中一家六口人的屍首，注定是要移交給兵部或京兆尹甚至大理寺的，刑部若眞要爭，怕也排不上。

方毅之自然知道，現今的刑部因裴行眞一人受聖人格外信重，所以給了他與刑部有近乎代天子巡狩按察的權力；但，那是未眞正危及文官武將核心集團的利益，倘若裴行眞這把刀過於鋒利，一旦把人逼急了……

當各方勢力反撲的那一刻，屆時恐怕連身為文臣之首的裴相也擋不住巨浪滔天吞噬而來！

「說不給就是不給，」裴行眞慢吞吞地道：「有本事，就讓兵部發兵來刑部把『人』搶回去，再不然，若是能說服得了龍武軍、金吾衛，也自可試試。」

方毅之臉色瞬間難看至極，「裴六郎，你這是想做甚？為這一樁命案，鬧大了對你、對刑部有何好處？刑部這些年在內外群策齊力之下，好不容易有如今這番聲勢地位，若只因你一人好大喜功、執迷不悟，壞了這整盤局面，你背得起嗎？」

「今夜兵部庫部郎中戴天柱一家六口遭毒殺，如此滅門命案令人髮指痛心，追查線索分秒必爭，我們多一分耽擱，凶手就多一分逃脫的機會，」裴行眞神情平和，語氣卻嚴峻冷肅之至。「——我不管兵部知道多少，或者有無人員涉案，但案子既然進了刑部，除非是聖人親自下詔令，否則誰來說都無用。」

方毅之一頓，忽地似笑非笑地道：「六郎中正剛直，一力守著你所謂的大義公理，好極好極……只不過，你又怎知此案不會驚動到聖人？」

裴行眞好整以暇放置在書案上的修長大手，不著痕跡地輕輕一蜷曲。「還是那句話，聖人詔令至，我自遵命，否則即便是我阿翁親來，也別想摁下我的脖頸讓我放人。」

「裴大人好大的氣勢，好大的官威，」方毅之緩緩起身，一抖袍襬，嘴角微勾，看好戲的諷刺意味一閃而逝。「也罷，自古官位以左爲尊，我這個『刑部右侍郎』當然也得雌伏於你這位左侍郎之意。那，方某便先行告退了。」

直到方毅之離去，赤鳶望向裡間那枝狀燈台下暈黃光照裡，一動也不動的沉默身影，心下難得地浮起了一絲不安──

「裴大人，這傢伙是來幹什麼的？白白嘲諷個幾句也高興？」

裴行眞神色驀然一警，疾聲道：「赤鳶阿姊，妳速去請拾娘加快驗屍速度，眼下時辰近亥時末、子時初，刑部所在位置爲皇城承天門街東面第四橫街之北，於尙書省中，所以若有人斗膽敲開重重皇城宮門，擾醒聖人御駕，令從大明宮發出至此，快則兩刻鐘，慢則半個時辰……我們得快！」

「喏！」赤鳶心驚，拱手後身影瞬息不見。

裴行眞有一絲艱難地扶著書案起身，摸索著自書案後方繞走而出，腦中無數思緒雜沓飛閃，試圖於萬千亂麻中細辨蛛絲馬跡。

他知道六具屍首送回刑部的一路上，途經的坊市武侯鋪和坊正，還有負責戍守巡夜的武官暗探、衛士騎卒，甚至是左右街使、金吾郎將等，明裡暗裡有無數雙眼睛盯著……消息本就封鎖不住，但如今看來，戴郎中背後所牽扯的事與人，層級遠比明面上看到的還要廣。

至少，早在戴家六具屍首尚未運送進入到刑部之前，徐公就知道了，並立時做出了反應措舉。

方毅之是徐公的人，此刻卻親自前來通知他，此案已驚動御前……立於他身後的徐公，打的是哪種算盤？

而兵部尚書來得這般快，還不惜找上了劉尚書，欲以權壓人，連面子情都不要了。

……這是李郭宗大將軍的意思嗎？

「戴郎中究竟想告訴拾娘什麼？」他心情沉重，喃喃自問：「行伍之人雖做派粗獷，卻向來粗中有細，必然不會不給自己留後路，可這祕密，又會藏在哪裡？」

✦

朔北　靈州下監府

盧元自任下監牧馬使數月以來，倒也戰戰兢兢，雖說剛抵達的時候，真是兩眼一抹黑，幸虧妻子崔氏不愧是出身清河望族，隨身陪嫁伺候的幕僚、管事和部曲各個都極有本事。

他們盡心輔佐盧元，不但鎮住了油滑想欺生的老吏，還有底下想糊弄的馬夫僕役，數月下來便將這靈州臨沐監的馬場拿捏了幾成。

盧元也從一開始的忐忑惶惶茫然，半年來在自家大娘子的調教中，耳濡目染之下，居移氣、養移體，也越發有了個官樣兒。

他身上漸漸養出大唐官員獨有的儀態氣度，平日在對內對外交際之時，談吐行止也沉穩老練許多。

像那種初來乍到之時，被知縣設宴相請時，在宴上把洗手用的菊花瓣兒水盞裡的水一飲而盡，或是對著比他官位卑小的官吏執手揖禮，腰卻彎得比對方還低……等等諸如此類的笑話兒，更加不曾再鬧過了。

可今日盧元自衙門回到府中來，卻是垂頭喪氣、腳步顳頏，在看見自家美貌端莊的大娘子之際，忍不住跌跌撞撞撲上前去，抓住了她的手——

「娘子救我！」

崔大娘子柳眉蹙了蹙。「阿郎又犯急躁了，好歹也是從六品的牧馬使，是這地界的一方主官，什麼了不得的大事得這樣要死要活的，你這做主君的不怕傳了出去，又徒增他人笑柄？」

盧元微微瑟縮，這半年來他本就被自家大娘子教訓慣了，可倘若大娘子語氣變得格外森冷，他還是忍不住想打寒顫……

那種不知從何而來，打骨子裡泛出的畏懼，他是憋也憋不住的。

崔大娘子注意到他在發抖，似有退縮之意，隨即和緩了面色和聲音，柔聲道：「阿郎，我是關心太過一時心急，並未有責怪你的意思。」

盧元迷茫地看著妻子美麗溫柔的臉，驚悸狂跳的心總算慢慢恢復正常，赧然地道：「我知娘子是為我好，都怪我自己……太扛不住事了。」

「阿郎今日這般焦急惶惑，到底所為何事？」

盧元嘆了口氣。「娘子也知道，咱們這下監所養牧的三等良馬有一千二百匹，日常牧馬差事已經很緊了，可我今兒卻收到了消息，要臨沐監良次雜交培育出的小馬，明歲春天前至少得增繁三百匹……娘子，這不是要了我的老命嗎？」

良次雜交培育小馬說得輕易，實際操持起來困難重重，雖說靈州地幅廣闊水草豐沃，最適合養駒牧馬，可有再多經驗老道的牧馬人和馬醫精心伺候，也常常禁受不住哪一夜忽地狂風暴雨驟來，若有一匹馬兒打個噴嚏，一整排廄裡的馬兒就有染疫的可能。

且懷了孕的母馬照料得再好，接生時也無人敢保證百分之百不出岔子，萬一小馬駒在母馬胎裡養得弱，出生十幾日夭折了，這難道能全算到大夥兒頭上去？

牝馬懷孕近一年方能誕下小馬，他半年前接手臨沐監以來清點過，馬場裡有孕的牝馬不過二、三十匹……到明年春以前，短短數月，他又到哪裡去弄來那麼多受孕的牝馬？

還有，此處臨近北方各蠻族，時不時總會有一小支蠻子偷偷摸摸來搶馬，這大片曠野又沒個城牆柵欄的，被偷個三、五匹也非罕見之事，簡直防不勝防，可太僕寺規定得嚴，若無故短缺一匹馬，監管之人就得受三十竹杖的懲罰。

盧元是到了此處，才知道這個牧馬使的官銜說來好聽，實則兩邊都不討好，夾在中間處處爲難，有時不得不欺上瞞下，也是爲保住自己這個官位和項上人頭。

平日還得和靈州地界的其他官員和商隊、私人馬場攀交好關係，若有靈州刺史偶然麾下派來點察馬匹之時，便讓私人馬場火速偷偷運來馬兒補足份額。

大唐天下疆域牧馬四十八監，每一監馬匹都有各自的火印字，臨沐監裡打的是「飆」字火印，就執掌在靈州霍長史的族兄手裡。

此人平日裡鐵面無私，誰的帳都不買，早年卻深受霍長史父母大恩，因此只要霍長史這個族弟有所求，他無一不順從。

盧元的大娘子和霍長史愛妻素來交好，有這樣的枕邊風吹著，盧元想在馬匹上做點小小偷天換日的手腳，從私人馬場裡找來置換個三五匹、七八匹的，霍長史族兄手中的火印也能幫著打上，應付過去。

可今日上令說的是要培育有成三百匹小馬駒，他是絕對沒那麼天大的狗膽再用這個法子偷樑換柱，即便他失心瘋了，敢從私人馬場那頭弄來這許多，也得考慮到動靜之大，一個弄不好消息洩漏出去，就是闔族掉腦袋的大罪。

「……娘、娘子啊，妳說這該如何是好？」盧元焦慮地背手來回踱步，面色發白，嘴唇哆嗦。

崔大娘子思忖。「下監所有馬兒數額不過一千二百匹，明歲春天前卻要增繁三百匹小馬駒，此事本就荒誕，阿郎你確定這消息無誤？可有朝廷正式行文？」

「雖然還未收到朝廷正式行文，可霍長史人脈廣，對於太僕寺和駕部消息一向靈通，他今日與我透露三分，那定是有七、八分的可能了，他說能讓下監這頭早一步知曉，我們也可早一點想法子應對。」

崔大娘子長長睫毛輕垂。「阿郎，你就眞這麼相信霍長史這消息？」

「爲甚不信？」盧元愕然，眨眨眼反問：「霍長史有什麼理由哄騙於我？他騙我又有什麼好處？」

「好處與否，端看……」崔大娘子目光隱晦，卻在抬眸看清盧元迷茫憨厚傻氣的表情時，不由住了嘴。

「娘子，怎麼啦？」盧元搓著手，好聲好氣地陪笑問：「我聽著呢！」

崔大娘子淺淺一笑。「無事，阿郎且先別著急，等我與霍長史家的洪娘子探問幾句，把事情打探明白了再說。」

「多謝娘子，我盧元能有娘子這樣的賢內助，眞眞是幾輩子修來的好福氣。」

盧元歡喜得一把擁住了崔大娘子，樂呵呵地轉圈兒。

崔大娘子身子一僵，隨即軟化下來，笑罵道：「快些放奴下來，腦子都要給阿郎繞昏了。」

「好好好。」

第三章

苑謂馬牧也，水中可居曰洲，此地在河之洲，隨水高下，未嘗淪沒，故號靈洲……

靈洲邊城

大小屋舍林立的大街上，時時可見唐人牽著的驢兒和胡人領著的駱駝擦身而過，此地名爲清邊關，乃朔北和回紇、薛延陀等交界處，南來北往的商隊絡繹不絕，熱鬧非凡。

「胡餅！滿滿上好芝麻的胡餅，一文錢三個餅，熱騰騰剛出爐嘍！」烤爐旁的小販賣力吆喝著，手還忙碌地揉製著生麵團子，不停地往裡頭抹酥油、沾飽芝麻。

「沙棗乾，又綿軟又香甜的沙棗乾，不好吃不要錢！」賣沙棗乾的大娘揹著一籮筐沙棗乾，來回叫嚷兜售。

另一頭的打鐵舖子裡，高大黝黑的打鐵匠在熾熱熔爐前包著頭，蒙著臉，好抵禦那撲面而來、能生生灼傷人的高熱，彎腰揮汗如雨地打著鐵……兩個薛延陀人七嘴八舌地打聽鐵鍬、鋤頭多少錢，興沖沖地殺著價。

還有個看著就老實的中年漢子，蹲在一匹老瘦駱駝旁賣馬奶酒，粗糙氈子上擺放著十幾只陶酒壺，卻畏手畏腳不敢大聲叫賣，縱使有幾個客人上來問，也因爲他一口彆腳不甚通順的唐語，嘰哩咕嚕比劃給勸退了。

況且這小鎮大街上賣馬奶酒的也不只他這一攤兒，多的是賣酒胡婦們一身異域風情打扮，小麥色腮頰酡紅笑容滿面，熱情地拉攏邀請著行人過來試喝兩口，嘴上說著流利的唐語……生意可好了。

中年漢子羨慕地望著她們那頭，囁嚅了一下，還是沮喪地繼續蹲著，只小心翼翼、萬分珍惜地擦拭著那十幾只陶酒壺上沾染的風沙。

「你這馬奶酒我全要了！」

一雙烏皮六合靴出現在中年漢子低垂的視線，說著他熟悉的語言，他驚喜地抬頭，仰望著不知何時走近跟前的高䠷修長崑崙兒，一愣——

「當眞全、全要了？」

「是，全要了。」那衣著華麗頭戴上好氈帽的崑崙兒下巴輕點了點，高傲地道：「我家主君今夜要宴客，來客點名想喝家鄉最純正的馬奶酒，這筆買賣你做不做？」

「做、做，自然是做的。」中年漢子熱切地哈腰回道：「客人是要現在提走，還是——」

「出來的其他奴僕都分散去採買，你這不是有駱駝嗎？便隨我送奶馬酒回府邸吧，」崑崙兒有一絲嫌棄地瞥了眼老瘦駱駝。「這駱駝還走不走得動？可別待會兒把酒都給摔了。」

「客人莫擔心，我這老夥計耐力腳力都強，半點不輸年輕的駱駝。」中年漢子趕緊道。

「好，把酒都給裝上，隨我來！」

中年漢子露出了一絲赧然的笑，連聲應道：「喏，喏。」

那高大崑崙兒待他把陶酒壺盡數收拾妥當，都牢牢地綑在了駱駝揹著的大囊袋裡，而後大搖大擺地帶路。

他們穿街過巷，來到了一處高聳巍峨的宅院前，上頭懸掛著牌匾——

霍府。

……須臾，中年漢子在側院前讓老駱駝停下，他單手拎起了那沉甸甸裝了十幾瓶馬奶酒的大囊袋，彷彿不是提著重物，而是輕飄飄的東西。

他兩、三步進了廂房內，看見裡頭那紅衣女子出示戴著的古老玄鐵狼頭指環時，眼眶驀然一熱，將馬奶酒小心往旁邊地上一擱，深深跪伏了下來，行了個肅穆古老隆重的大禮——「使者！」

紅衣女子緩緩收回了手，身形一半被遮掩在廂房內背光的陰影下，卻依然可見雪瑩如玉的尖尖下巴。

「朗革兄弟，終於見面了。」

「使者，是時候了嗎？兄弟們等了這麼多年，時機終於已經到了嗎？」朗革那彷彿深深烙印刻劃在眉宇臉龐間的老實與疲憊，霎時一掃而空，取而代之的是深沉狠辣嗜血的熱切。

「是。」紅衣女子低眸看著那一批馬奶酒，輕聲道：「——第三彎新月升起時，丑時末，城門開。」

朗革滿眼赤熱，「遵命！」

◆

對許多人而言，長安這一夜份外漫長……

可於裴行眞和拾娘來說，卻恨不能漏刻能再滴慢一些、再更慢一些，好教他們將戴家六具屍首身上裡裡外外所有痕跡線索，通通都搜查到手。

——此時此刻，刑部正堂裡，刑部劉尚書正與兵部姜尚書呈現對峙之勢。

兩名尚書衣著袍腳隱約皺褶凌亂，顯然都是匆匆得到消息趕來，誰也不讓誰。

其中姜尚書橫眉一豎，慍怒道：「劉老，你平時護著裴六郎也就罷了，可今日之事並非尋常案件，事涉我兵部的人，你攔著不許我把人帶走，難道是鐵了心保他裴行眞，不惜與我兵部作對了？」

「長安出了如此駭人聽聞的滅門人命，京兆尹和刑部都有權可管，我刑部的裴侍郎和卓參軍又是第一時間趕到命案現場的，自然是追查此案的不二人選，況且他們兩人屢破奇案，深受聖人倚重……」劉尚書哼了聲，撫撫下顎的短鬚，冷笑道：「難道你質疑聖人的眼光？」

姜尚書一窒，隨即冷笑反諷道：「劉老動不動就拿聖人來壓我等官員，我等眞怕得很……說起這滿朝文武，誰不知劉老自從高娶了平壽縣主後，就與聖人沾上了親，又有哪個敢特意與你過不去？」

劉尚書嚴肅臉龐霎時氣黑了，正欲開口怒斥，卻聽一道優雅威嚴的女聲在門外響起——「姜尚書這是單純對本縣主不滿了？」

姜尚書臉色微變了變，不得不拱手見禮。「下官見過平壽縣主。」

他雖是堂堂正三品的一部尚書，按理說，於王公貴胄前也無須這般謙卑行儀，可平壽縣主不是普通的皇親，她自幼長於楊妃身邊，聖人愛重皇后，卻是極寵楊妃，便愛屋及烏，對平壽縣主這個後輩格外青眼疼惜……姜尚書半點也不敢賭聖人的這個「寵」字。

平壽縣主神情高冷，在兩名武婢的護隨下緩緩踏進正堂，來到劉尚書身邊後，面色和緩了一絲，輕輕拍了拍他的背，幫他順順氣兒。

「何必為了個莽夫把自己氣成這模樣呢？」她柔聲道。

姜尚書暗暗磨牙。

「妳怎麼來了？」劉尚書見到妻子，眼神化為溫和。

「我不放心你和六郎。」她嘆了口氣。「為怕犯夜，我連聖人賜給我的牌子都掏出來狐假虎威了，回頭楊姨母罵我，你可得幫我說說話。」

劉尙書心疼地看著她，想握住她的手安撫一二，終究意識到此處是刑部衙門，旁邊還有個虎視眈眈的老匹夫，便也按捺下了。

「我和六郎不會有事的，妳的身分出現在這裡不好，我讓武婢們護送妳回去。」

「不回。」她堅定道。

姜尙書再也忍不住了，衝口低喝：「平壽縣主！這裡是朝廷六部之一的衙門，我們正在辦要緊的公事，您若要在此處搗亂，我少不得要冒犯一二，明日上朝據實上告聖人——」

「不勞費心！」平壽縣主美眸冷光一射。「本縣主也沒打算牝雞司晨，姜尙書不必忙著給本縣主套帽子，我是官眷，今夜只是擔心我家阿郎夜裡這最後一帖應服的湯藥還未服完，生怕會耽擱了他調治身子，所以我是幫他送藥來的，唐律又有哪一條不允了？」

「妳！」

「我一來沒有碰刑部卷宗，二來沒有對刑部上下作威作福，法外尙且有人情，難道我們夫妻情深，我來送一帖湯藥都不行嗎？」平壽縣主語氣越發嚴厲，步步進逼。「若眞有錯，我自會向聖人請罪，姜尙書可滿意？」

姜尙書被質問得心苦氣噎，明知道她是在胡攪蠻纏，可字字句句有理有據，怎麼也教人抓不著一星半點的把柄。

「你們只管談你們的公事，我待會兒要去刑部灶房借只爐子煎湯藥，」平壽縣主似笑非笑地打量了姜尙書和其身邊數名部屬兵將。「……不放心的話，姜尙書要不派個手下全程盯著本縣主？」

「……」姜尙書神情僵硬，不發一言。

平壽縣主瞥了他一眼，對武婢吩咐道：「走，帶上藥材，我們煎藥去。」

「喏。」

平壽縣主昂首闊步地出了正堂，拐過彎兒，便腳下疾行，低聲道：「速速尋到六郎，看有什麼是我們能搭得上手的，姓姜的今晚氣勢洶洶，顯然是李郭宗大將軍給他的底氣……」

她不知姜尚書和李郭宗究竟目的爲何，刑部今夜又出了什麼大事，但阿郎與六郎既然悍然與之抗衡，連撕破臉都顧不得了，那她自是要站在他們這頭的。

稍後，當平壽縣主尋到了裴行眞所在的班房時，遠遠看著裡頭那個高䠷矜貴溫雅的熟悉身影，她面色一喜，快步就要入內，卻瞬間被門後一只暴襲而出的霸氣長弓抵住了——

「止步！」

平壽縣主嚇得踉蹌後退，兩名武婢面色大變，瞬息搶上前一左一右格擋、進攻持弓之人。

可武藝不凡的武婢們手中匕首攻勢凌厲，卻在長弓底下走不過三招，立時被股難以言喻的巨力一壓一綑，兩人腕間一陣劇痛，匕首霎時脫手墜地！

平壽縣主臉色煞白，不敢置信。

持弓之人在擊落武婢們匕首的同時，也沒有再趕盡殺絕，而是殺氣騰騰地用一柄長弓牢牢守住大門，大有一夫當關萬夫莫敵之勢。

「成何體統？」平壽縣主喘了口氣，驚魂甫定後站穩了身子，在看清楚持弓者原來是誰後，嬌叱道：「敵我不分，沒問個清楚就出手傷人，這刑部幾時變得這般沒規矩了？」

赤鳶面無表情。「未經通稟擅闖入內者，護衛不攔便是失職，在下正當差，閣下又在作甚？」

平壽縣主被堵得一窒，臉漲紅了。

「赤鳶阿姊，來人是平壽縣主，是自己人！」裴行眞聽見門口動靜，敏銳鼻端又嗅聞到了熟悉的豆蔻香身丸香氣，忙出言阻止。

赤鳶挑眉。原來眼前這位氣派尊貴、渾身散香的美婦，就是劉尙書家的大娘子，劉道娘的阿母……嘖。

「失禮了。」赤鳶隨意地一拱手。

平壽縣主神色不豫，可看在裴行眞的情面上，她也只抿了抿唇。「無妨，都是誤會，本縣主自是不會跟個粗蠻冒失的小輩計較。」

裴行眞摸索著來到了門邊，親自迎平壽縣主入內坐下。「姨母，怎麼驚動您寅夜至此？」

「刑部出了這麼大的事，你叔父坐都坐不住，我又怎能不心焦？」平壽縣主憂心關切地望向他蒙著的眼。「況且六郎你如今……唉，總之姨母雖然沒有一官半職在身，這個縣主的爵位好歹能嚇一嚇人，擋擋些狗東西。」

「多謝姨母疼我。」他溫柔一笑。

「現在狀況如何？」平壽縣主悄悄聲問：「你姨父還在與兵部那個姜老兒打擂臺，如今是暫時頂住了。」

裴行眞猶豫了一下。

平壽縣主眼巴巴兒地望著他，這才恍然，訕訕然一笑。「莫非事關機密，姨母聽不得？」

「此事牽扯甚廣，不只是不方便讓姨母知曉，也怕若有萬一，日後連累了姨母……」他溫言婉拒。

平壽縣主精心描繪的柳眉一蹙，假意著惱道：「姨母雖不似拾娘是能上陣殺敵的巾幗英雄，卻也非孬種，我不怕被連累，若是讓你們幾個孩子孤軍作戰，叫人給欺負了去，我們這些長輩如何在長安立足？」

「姨母言重了。」裴行眞心頭一暖，輕聲道：「姨母放心，六郎心中有數。」

「那就好。」平壽縣主吁了口氣，面上浮現一抹欣慰之色，拍拍裴行眞的手背。「好孩子，你只管做你想做的事，今夜姨母就不走了，我和武婢們到灶房幫你姨父熬湯藥，也順道煮些夜宵讓你們塡塡肚子。」

「有勞姨母。」

平壽縣主款款往外而去，在經過門邊神情冷淡的赤鳶時，隱隱不悅地哼了聲，而後在兩名眼含戒備與畏色的武婢隨扈下，消失在夜色裡。

「今夜眞是好生熱鬧。」赤鳶長弓斜背回後背，抱臂冷冷道。

「平壽縣主與劉尙書鶼鰈情深，不放心也是尋常。」

赤鳶沒好氣地翻了個白眼。「那般不放心，趕著出門還沒忘記描眉，長安貴女果然不同尋常。」

她護短，可沒忘記就是這平壽縣主的女兒，對裴大人格外親近依戀，前些時日險些讓阿妹揮劍斬了與裴大人那一份惺惺相惜的情絲。

誰敢同她家阿妹搶男人，就是和她赤鳶過不去！

「赤鳶阿姊……」他忍俊不禁，忽地一怔，有絲什麼飛快在腦際一閃而過。

赤鳶見他發呆，皺眉道：「怎麼了？」

他回過神來，「沒什麼。」

此時，拾娘大步而來，秋日深夜寒意重，她美豔雪白的額際卻隱隱沁著汗。

「大人，找到了！」拾娘嗓音緊繃清冷，微帶一縷輕顫，攤開的掌心上赫然是一張皺巴巴沾著血糊糊與混濁胃液的羊皮小囊。「這是從戴郎中胃袋裡剖出的羊皮小囊，他必定原來是隨身帶著的，在驚覺中毒的剎那，掙扎著急忙取出嚥下，就是爲了保全證據。」

戴郎中此舉慘然壯烈，滿滿軍人殺伐果斷的血性……

即便這些年，他在長安兵部冷衙門裡沒沒無聞地蹲守著，早被案牘勞形和流光歲月消褪剝落了舊時豪氣英名，可他骨子裡依然還是貞觀三年，那個自屍山血海生死關裡闖將出來的猛將！

赤鳶眼眶發紅，死死盯著拾娘手中那只血汙腌臢的羊皮小囊，低道：「他是條鐵錚錚的漢子，是英雄。」

裴行眞神情也隱隱黯然痛惜，正要開口說什麼，忽地一陣陣急促腳步聲摻雜著甲冑摩擦聲在寂靜夜裡傳來，分外令人心驚……

電光火石間，裴行眞和赤鳶面色一變——

「拾娘！」

「阿妹！」

拾娘二話不說，迅速將那只羊皮小囊塞進衣袍內袋裡，順勢一掀胡袍下襬，將沾了汙血酸臭胃液的手在內襯裡重重一擦，將所有痕跡全抹藏在了內裡。

秋日衣著本就略略見厚，她今日穿著的胡服又是慶伯特意請繡娘縫製的，爲求暖和吉祥，下襬滾著一圈黑兔毛邊兒，不小心沾染上一點什麼，任誰也瞧不出來。

慶伯說了，自古白兔爲瑞，黑兔爲祥，好不容易弄到手的幾隻毛絨絨油亮亮黑兔，都拿來給她做衣裳鑲邊用，讓她只管輪著穿，不必減省……

多虧慶伯。

赤鳶滿眼佩服，對她豎起大拇指。

裴行眞眼睛看不見，猶自憂心。「拾娘妳可——」

「大人放心。」拾娘說完，目光深沉而鎮定地望著漸漸出現在面前的一支隊伍，心下難掩駭然。

——來的竟是左驍衛！

左驍衛隸屬南衙禁軍十六衛，掌管宮禁宿衛，率領翊府及諸折衝府府兵，雖比不得北衙禁軍是聖人最親信的私人軍隊，在長安皇城中也是威名赫赫的存在。

而今夜親自領軍的，正是左驍衛將軍聞人肅，他神情冷峻，步履穩健威武地近前，行執手禮——「裴大人，卓參軍。」

裴行貞聽出了他的聲音，回以拱手。「聞人將軍。」

「傳聖人口諭——」

裴行貞、拾娘及赤鳶齊齊恭敬跪下聽令。

「命刑部尊諭，速將兵部庫部戴郎中一家六口屍首移交大理寺！」

——大理寺？竟是移交大理寺，不是兵部？

拾娘眼底乍然一亮，驀地在袖角掩映下，衝動地握住了裴行貞的大手。

裴行貞也下意識地反手握攢著她的，悄悄地搖了搖。

他們早已心意相通，此時此刻無須言語，端只十指交扣間，便能感知到彼此心底深處湧現的一絲歡喜與釋然感。

赤鳶在一旁不明白其中玄機，但光是看見他們兩人嘴角隱約藏著的笑意，也暗暗鬆了口氣。

聞人肅宣讀畢，旋即取出一只溫潤的玉質小虎，遞予裴行貞。「裴大人，聖人說了，知你裴六郎素來嚴謹，有玉虎爲證，你大可放心。」

「……臣不敢。」他心念一動，低下頭。

雖然指腹一碰即離，轉瞬又讓聞人肅收了回，但聖人這貼身多年的小玉虎，還是他年幼時送給聖人的，自己又怎會識不得？幼時他便被聖人欽點做皇子陪讀，頭一天，就是不放心的翁翁親自送他進皇宮……

翁翁說，當時粉妝玉琢如胖糰子的他，小小人兒步伐踩得一本正經，卻在聖人跟前啪嘰跌了個跟頭。

身旁小皇子們歡然叫著「阿耶！」他抬起頭，圓滾滾烏黑的大眼睛仰望著留著短鬚、英俊含笑的聖人，滿臉認真地跟著恭恭敬敬高喊了聲——

「阿耶！」

當時翁翁想死的心都有了，文人氣定神閒的功夫盡數被他那聲「阿耶」嚇飛到九重天外，正想拎著他下跪向聖人請罪時，卻見聖人哈哈大笑，彎腰一把將小六郎抱起，還不忘顛了顛。

「唔，這圓呼呼的棗糰子養得好。」

「聖人恕──」

聖人瞪了翁翁一眼。「棗糰子喊朕『阿耶』，這是覺著朕親近呢，裴愛卿要是嚇壞了小娃娃，朕與你沒完！」

「聖人，」翁翁忙擦汗，勸道：「自古君臣有別──」

聖人抱著裴家小六郎轉身便走，不忘招呼著一堆小皇子。「走走走，天色晴好，阿耶帶你們跑馬去！」

「聖人！」

「吵死了吵死了，朕什麼都沒聽見！」

那天午後，聖人親自駕馬，輪流載著小皇子們在御馬場上跑了好幾圈兒，頭一個就是裴家小六郎……

後來裴家小六郎小臉紅撲撲，珍而重之地把腰間小玉虎摘下來，小胖手捧到聖人面前──

「送阿耶。」

聖人一愣，深邃黑眸笑意閃動，鄭重地接過，親自繫在了自己的紫金玉腰帶上。

「好糰子。」

這一繫，就是十數年……

思及此，裴行眞眼眶止不住發熱，心頭震蕩澎湃，暖意融融。

「吾領左驍衛，兼任北衙第六營。」聞人肅倏然壓低了聲音，只近前者可聞。他微震。

北衙禁軍有七營，皆爲聖人親軍，唯聽聖人調度，即便是太子殿下也不敢染指一二。

「聖人說，他信六郎，一如六郎信他——且安心。」

「六郎明白。」裴行眞心領神會。

聞人肅看向拾娘，又恢復公事公辦。「戴家六口屍首在何處，還請卓參軍領路。」

「喏。」拾娘不動聲色應道，起身時目光複雜地瞥了裴行眞一眼。

而待前頭的兵部姜尙書收到了心腹來報，說戴郎中等的屍首已被左驍衛帶走時，神色變幻了幻。

劉尙書故意哪壺不開提哪壺，「姜尙書不追上去嗎？左驍衛方才出了門，如果趕上一趕，或者還能攔得著人。」

「你這老匹夫……」姜尙書強按下驚怒，隨即冷笑一聲。「本官還以爲刑部多硬氣，左驍衛一來，裴六郎還不是得乖乖聽命？」

「左驍衛何人方能驅使得動，想必不用老夫提醒你？」劉尙書意態閒適地道：「兵部沒有聖人或李大將軍的手令，就想把刑部重要的案件受害人帶走，未免太過異想天開，何況你我平級，你要來作我刑部的主，還當眞不夠格兒。」

姜尙書胸膛劇烈起伏，半晌後皮笑肉不笑。「好，好得很，本官就看你們刑部還能在這長安囂張跋扈、專斷亂權多久……來人，我們走！」

「你先想好怎麼同李大將軍交代吧！」

姜尚書腳下彷彿一頓，隨後傲然離去。

✦

子時末

劉尚書面容肅然地端坐在班房主位上，聽著裴行眞和拾娘稟報今夜命案使末。

「——所以剖驗結果，他們可能是死於何種毒物？」

「回大人，」拾娘取出驗屍格。「死者戴天柱等六人，肌膚潮紅溼冷，喉頭食道胃袋均有黏膜嚴重受損出血跡象，兼又併發瞳孔模糊渙散，四肢有萎縮僵痲之態，背部各自有大小和程度不一的腫瘡……若從胃裡取出的食物尚未呈現糜漿狀態來看，再對照我與裴大人趕到的時辰，前後間距不到一個半時辰，按正常人死後的屍僵速度，絕不會那般快，所以據我研判，疑似中了砒霜之毒。」

「砒霜？」劉尚書面色凝重。「還有呢？」

「其餘幾人也是同樣的症候死因，」她猶豫了一下。「但廚婦衣袖內溼了小半截，我嗅聞過，是一部分的羊湯。」

裴行眞捕捉到了其中關竅，沉吟道：「看來下毒者確實是廚婦，只不過怕同席者生疑，爲掩人耳目，倒了些羊湯藏進袖裡，只是她恐怕沒料想，砒霜劇毒，即便是沾上一點也生機難存。」

平壽縣主和武婢們正巧提著湯藥和夜宵入內，她先將泛著濃濃藥香苦味的湯碗遞予苦了臉的劉尙書，而後親手爲幾人布雞湯餺飥，隨口問——

「可世上眞有人會傻傻地明知有毒，還吃下肚嗎？世人無不畏死，一個廚婦竟有這般的膽識？」

「許是廚婦也不知自己下的毒是砒霜。」劉尙書皺眉喝完了湯藥，將空空的藥碗擱置一旁，伸手對平壽縣主道：「我的那份夜宵呢？」

「沒你的份，」平壽縣主嬌嗔地睨了他一眼。「剛喝完藥，吃什麼夜宵？也不怕沖了藥性——來，孩子們，你們只管吃，我煮了好大一鍋子呢！」

「多謝姨母。」裴行眞忍笑，溫言謝過。

「謝平壽縣主。」拾娘神情平靜地接過雞湯餺飥。

「慢些吃，」平壽縣主滿眼慈愛笑吟吟地看著他們吃將起來，忽地想起。「對了，方才說到廚婦許是不知自己下的是劇毒砒霜，那可有命人去打探過她家裡人？她家裡人知道她出事了嗎？」

劉尙書遲疑了一下。

「怎麼？」平壽縣主疑惑地看著沉默的三人，旋即會過意來，頗不是滋味地道：「知道了知道了，這是公事，本縣主即便是官眷也不方便在此……只是一人計短兩人計長，前回連道娘都能幫上忙，怎麼我就是那個愚鈍的不成？」

「妳莫多心，」劉尙書有一絲尷尬地道：「只是……」

「——姨母，實則此案如今猶是一團亂麻，在未有更多的線索前，我們在此處憑空推敲案情也不過是緣木求魚，徒然浪費時辰罷了。」

裴行眞爲劉尙書解圍，再柔聲勸道：「姨母，六郎知妳也想盡一份心力，只是目前戴郎中一家六口屍首已被左驍衛移送走，我們縱使想追查下去，也不是這一時半刻就能成的，眼下天色甚晚，姨母和尚書大人還是先回府中休息罷。」

平壽縣主不豫的面色才勉強好看些，對著眼蒙黑綢紗帶的他，不由嘆了口氣。「六郎你如今眼傷還未好，也別太折騰，案子雖重要，可身子也要緊。」

「多謝姨母關懷，六郎省得。」

劉尚書見妻子態度軟化，也心下一鬆，趕忙催促道：「娘子，我們回吧，道娘在家裡恐怕也等得心焦了。」

「好好，回去就回去。」平壽縣主瞪了他一記。「我這都是擔心誰呢？」

劉尚書自然明白妻子是關心自己，老臉一熱。「走走走，回府回府。」

裴行眞側耳傾聽著他們腳步聲遠去，直至不可聞，指節才輕輕地一敲書案面——「下來吧！」

第四章

細碎衣袂翩飛聲閃過……燈花一爆，隱身在高高房樑之上的玄機玄符二人，聞令旋然落地於裴行眞面前。

「大人！」

拾娘眼抬也未抬，絲毫不覺詫異。

抱臂守在門口的赤鳶則是嗤地一笑。「躲得挺好。」

玄機嘻皮笑臉道：「赤鳶娘子誇獎某了呢，眞眞是大喜事一件。」

「少耍嘴皮子。」赤鳶哼了聲。

裴行眞揉揉眉心，即便看不見，也知道屬下玄機此刻笑得有多痞賤欠打。

「……你們二人查得如何了？」

玄符拱手道：「回大人，坊正和左右鄰人都證實了，廚婦常氏是戴家大娘子的遠親，九年前來長安投奔戴家，這些年在戴家負責烹食灑掃，頗爲盡心。」

「常氏可是獨身來投親的？她原戶籍居於何地？」

「常氏是靈州人氏，據說是戴家大娘子姑父的妹子，早年夫郎從軍殞命，她無兒無女守寡幾年，被夫家族親驅逐，娘家也不收，只好一路打聽這個兄長的下落，這才到了長安。」玄符嚴肅道：「戴家大娘子看在早逝姑父姑母的面上，便接納了常氏，名義上是當廚婦，實則也同家人無異。」

「屬下比對過常氏的過所，雖然已紙張舊黃、字跡淺淡，但她確實是從靈州輾轉到長安，沿路州府縣水陸關驛都用印了。」玄機也道：「鄰人也說，戴郎中性情豪爽好相處，與部曲和奴僕日常都是同席而食，親如一家。」

「大人，常氏果然最爲可疑，」拾娘望向面露深思的裴行眞，低聲道：「不過我方才對尚書大人說，死者六人『疑似中了砒霜之毒』，可我在死者胃囊中發現的，卻是雄黃。」

「雄黃？」裴行眞語氣一凜，迅速會意。「雄黃可內服外敷，劑量當愼之又愼，更是萬萬不能經火鍛，否則易生成近砒霜之毒——雄黃酒和羊湯都是燒沸燙過的，妳的意思是，戴家六口這是誤食而亡？」

「不，我懷疑戴家六人長年在吃食內都被下了少量雄黃，日積月累，毒素積累五臟六腑內，晚上這頓斷頭飯，凶手下了致死量的雄黃，顯然是最後一擊。」

玄機等人微微駭然。

「好毒的心計！」玄符喃喃。

「戴家小郎君還只是個少年，戴大娘子又何辜？」玄機忿忿。

「難怪，妳曾說戴郎中面色隱隱生青，腳下虛浮，還有脫髮之象，」裴行眞恍然大悟，面色凝重，隨即問向玄機玄符二人。「——鄰人可知，這常氏除了戴家人之外，是否還與其他人交往甚密？」

「鄰人說常氏憨厚寡言，是個樸實靦腆的婦人，平時都是圍著戴家老小轉兒，出入也多爲採買鴨鵝菜蔬等食材，不曾見她與人深交。」玄符頓了一頓，道：「不過戴郎中家同條巷子上，住的多爲粟特商人，鄰人說見過常氏偶爾會與粟特商人家的粟特廚婦一齊去菜市，彷彿有舊。」

「粟特人？」他問：「可問了是哪家廚婦？」

「回大人的話，問清楚了，」玄符向來事事謹慎仔細，稟道：「是粟特大商安僧扎家的。」

拾娘身形微微一動，神色異樣。

玄機機靈，一下子就注意到了她的若有所思。「卓娘子怎麼了？妳也識得安僧扎此人？」

「安僧扎舊年便是朔北有名的商人，」拾娘蹙眉。「聽說他對天下物、天下事無所不賣，只要對方出得起價錢，只要他能弄得來……坊間曾有說話刻薄者諷刺安僧扎，若有人價錢開得高，他連家中老母也能賣。」

玄機咋舌。「乖乖。」

「常氏平日不與旁人深交往來，偏偏與安家的粟特廚婦走得近……總不會單純只是湊巧罷？」玄符低沉道。

「哪有那麼多的巧合。」守在門邊的赤鳶冷冷道。

長安何其大，有百萬眾，各胡族聚集地則是多爲自「開遠門」出入交關最近的西市，約莫有二萬餘人，這二萬餘人自然不是人人都相結識。

但常氏「恰好」自朔北靈州而來，又「恰好」與朔北粟特大商安僧扎的廚婦相識，還長年掌杓，在戴家下慢性雄黃之毒……

赤鳶說得不錯，天下哪裡來那麼多的巧合？

拾娘望向玄機。「你方才說『也』，所以你也認得安僧扎？他在長安也很有名嗎？」

「粟特豪商安僧扎，長年遊走王公貴族中，藉著來自西域的奇珍異寶與香料絲綢等，與不少高門貴胄交好。」接話的是裴行眞，他修長指尖摩娑著腰間繫著的契苾針，緩緩而述。

玄機連連點頭。「就是就是，我阿娘和姨母就曾從他手中買下大食國的薔薇香露，單單一食指長的水晶瓶子，就要十五金呢！可長安的貴女還是趨之若鶩，搶都搶不到，因為只有他有門路弄得來。」

拾娘後來方知，玄機雖是裴行眞的貼身護衛，實則母親貴爲突厥阿史那公主，是最早歸順大唐的那一支，這些年來備受聖人和大唐朝廷厚待。

阿史那公主嫌小兒子性子太過跳脫，聽說裴相乃天下文人也是文臣之首，裴氏數百年底蘊，即使陶冶薰染上一、兩分，都是受用無窮。

所以在玄機十歲那年，阿史那公主便央求聖人從中拉縴，硬是把小兒子丟給裴家六郎當「跟班」……一轉眼，十幾年過去了。

其中，也未嘗沒有向聖人輸誠送人質的意義。

因裴氏自高祖以來，就是李氏皇朝帝王最為信重的高門世家，在裴家六郎身邊，至少能保玄機日後前程性命安危無虞。

拾娘瞇起眼。「沒想到安僧扎在長安生意也做得這般大……大人，可要我到安家探探虛實？」

裴行眞搖了搖頭。「此人能把生意做滿長安，處處左右逢源，絕非尋常商賈或簡單人物，此事還得小心為上……玄符，稍後與我們一同回別院，代我休書一封讓『奔霄』速速送往靈州。」

「喏！」玄符面色一正。

「玄機，你讓人到西市大小藥舖查問，有無見過常氏這樣容貌的婦人去買雄黃，九年來下的量不少，她若怕露形跡，定是會分散到不同的藥舖採買。」

雖然種種跡象都指向常氏便是下毒之人，可為求謹慎，他們還是不能錯漏每一個採證的環節。

「喏！」玄機應道。

「還有，你親自速去西市『懷遠坊』和『弘化坊』，或突厥、龜茲和回紇等族聚集之處，幫忙打探個消息——」

玄機近身向前，聽完後神情一凜，執手再領命。「喏！」

下完指令後，裴行眞微抬頭，忽然對拾娘方向道：「拾娘，妳方才是故意在劉尚書和姨母面前口口聲聲假稱毒物是砒霜的吧？」

拾娘早知他心細如髮，也不覺訝異。「是。」

「拾娘信不過姨母身邊的兩名武婢？」

她猶豫了一下。「我只是覺得案情細節洩漏給更多人知曉，不好。」

裴行眞點了點頭，若有所思道：「我亦有此感，況且稍早前赤鳶提及姨母寅夜匆匆前來，居然連妝容眉眼都描繪妥當……拾娘，妳可有注意到劉尙書衣著形容如何？」

「髮上未戴幞頭，腳下穿著烏皮靴，外頭套著大氅，裡頭衣衫齊整，但有枚盤扣扣錯了。」拾娘回想。

「那平壽縣主呢？」

拾娘越想，神情越發肅然。「她妝容確實未卸，但髮髻上也只簡單簪了支綠玉簪子，一副匆忙出行的模樣。」

「耳璫呢？」他追問：「拾娘可記得平壽縣主有無佩戴耳璫？」

「耳璫在。」拾娘沉吟，隱隱覺得有些不對。「她今晚配戴的耳璫還是玉墜子的型式，如果躺下就寢不會摘下，定是會硌人的。」

「長安貴女命婦安寢時，不會不洗褪去妝容的，況且平壽縣主在皇宮中楊妃身邊嬌養多年出嫁，聽說日日睡前都要敷上宮裡內造的珍珠粉膏養顏美容，」裴行眞修長指尖輕輕摩娑著腰帶銙兒，思忖道：「——也就是說，消息報往尙書府時，縣主要麼就是睡了，但耳璫未摘妝未褪，要麼就是她深夜至斯猶未睡。」

「無論是哪一種，都有些奇怪。」她躊躇。「大人是懷疑平壽縣主形跡可疑？與此案有關？」

「我不知道，」他深吸了一口氣，坦白道：「只是平壽縣主向來不過問政事，但她今日確實有些異狀，也對案件過度關些了些許，不過這一切也有可能全是我多心了。又或者，平壽縣主純粹就是以長輩之姿，爲我們這些晚輩擔憂。」

拾娘能理解他，此時此刻案件猶在雲霧之間，未見明朗，偏偏一下子就牽扯入了兵部和刑部間的角力……誰能信，誰不能信，他們都不敢輕信了。

越是疑雲重重，越是風吹草動，也就越難免草木皆兵。

「也罷，再看看吧！」他揉揉眉心，嘆了口氣，倏然有些依戀撒嬌起來。「拾娘，我有些倦了，可否請拾娘扶我回別院歇息？」

拾娘遲疑了一下，「我請赤鳶阿姊送六郎回去，戴郎中命案未破，我還是先留在刑部——」

「妳我形跡最爲顯目，有無數雙眼盯著，此時反倒越不便做任何事。」裴行眞柔聲道。

她一頓。「是，拾娘明白了。」

✦

這些時日，蒙聖人體恤裴行眞眼傷未癒，特命他無須參與早朝。

所以凌晨寅時中才回到別院歇下的他，在高枕軟臥之下，足足睡到了日頭高照才甦醒過來。

慶伯親自捧著玉盆清水伺候他盥洗，不忘關懷嘮叨叮嚀：「六郎這不是辦差，簡直是賣命，哪裡有沒日沒夜這般幹活兒的？簡直比西市磨磨的老驢還操勞。」

「慶伯莫擔憂，我畢竟還年輕，頂得住。」他俊美面龐笑意輕揚，乖乖半俯下身，低頭讓慶伯幫他縛上敷了清神眼膏的黑綢紗帶，安慰道。

「年輕怎地？」慶伯哼哼。「我當年在縛羅山上領著一幫兄弟跟蠻子整整廝殺了兩天兩夜，還能坐在蠻子頭顱邊大杯酒大塊肉，精神抖擻吆喝著眾兄弟，再去獵幾頭老虎回來烤了助助興……結果現在呢？老了落得筋瘦骨軟、胳膊腿腳都不好使，一不小心搬個花盆子也能閃著腰。」

裴行眞險些忍俊不住，又怕傷了老人家的心，忙輕咳了一聲憋笑道：「慶伯如今還是老當益壯得很，六郎都遠遠不及了。」

「趁著年輕就得注意養護身子，否則往後老了有你好受的。」慶伯意味深長。

「況且男人腰腎千萬得顧全好——」

「咳咳咳！」這讓向來氣度翩翩、閒靜風雅的裴家六郎一口洗漱的清茶險險噴將出去。

「如果有需要老奴指點一二的話……」慶伯湊近過去，鬼鬼祟祟。「老奴那裡還藏著早年從上曲曹娘那兒蒐羅來的好些『珍本』，誰人來我都不給，我都收著給六郎啊！」

「不不不，慶伯您留著自用便可。」裴行眞連連告饒，若不是現下眼前一片漆黑，差點兒慌不擇路地一頭撞到門上去。

「六郎可起了？」

就在此時，拾娘清冷如玉石交擊的嗓音在外頭廊下響起。

裴行眞身形一頓，英俊臉龐霎時心虛地紅透了，越發襯顯得唇紅齒白、朗豔清絕。

饒是戴郎中滅門命案未破，謎團紛雜煩繞於心，拾娘還是在看到他的剎那，情不自禁呆了一呆，眸底閃過一抹驚豔，胸口怦咚怦咚跳得厲害。

慶伯見這對郎才女貌的小兒女，暗自喜孜孜一笑，而後忙道：「卓娘子來得正好，老奴方才吩咐灶下熬了最是滋補的『大雁』湯，想來火候也快到了，有勞卓娘子牽著六郎去外頭『松花亭』歇歇，等會兒老奴這就送大雁湯過去給你們嚐嚐。」

拾娘沒聽出慶伯刻意加強的「大雁」二字有何深意，裴行眞倒是一下子就明白了。

大雁忠貞，舉凡兒郎欲聘心儀女郎，都要親手獵回一對活蹦亂跳的大雁去女家求親，如此方能足證心意。

「拾娘，」裴行眞清了清喉嚨，頰邊紅暈猶存，試探地問：「妳……覺著大雁可到火候了？」

「到沒到火候，慶伯不是去看了嗎？」她直率反問，一臉疑惑。

「……」他滿面的緋色和春心蕩漾霎時一滯。

唔，果然他家拾娘對於這種「情思婉轉暗寄語、眉眼官司訴衷腸」一點兒也不擅長。不過不要緊……這正是拾娘惹人愛之處吧！

裴行眞嘴角笑意揚起，故意小小委屈地道：「拾娘難道是見我目不能視，便不打算對我的終身負責了嗎？」

拾娘有一絲不知所措，想撫慰他，又不知該如何做起才好，只得乾巴巴地解釋。「沒有不負責。」

「那拾娘幾時打一對兒大雁來裴家與我提親？」他滿是希冀。

她這才恍然大悟，冷豔面容乍然飛起霞色，吞吞吐吐結結巴巴。「……喔，原來是這個意思。」

提著一大食盒雁湯和午食菜餚細點的慶伯，在門邊探頭探腦，聽見六郎這樣指鹿為馬的坑蒙拐騙，哄得老實魯直的卓娘子拍胸口慨然應允，待案件水落石出，大事終了之後，自己必定會去打來一對兒最大最肥的大雁鳥，上裴家門提親下聘云云……

慶伯忍不住在心中嘖嘖稱奇——

果然是孫肖其祖，孫肖其祖啊……這股子騙死人不償命的千年老狐狸味兒，簡直一脈相承。

◆

裴氏別院占地遼闊，亭臺樓閣美不勝收，即便是時序入秋，依然可見滿園盛放於秋日的奇花香草。

而八角綠瓦「松花亭」正是被鬱鬱蒼蒼的一片松林環繞在其中，風吹過，便可聞松香陣陣、聽松濤颯颯……

坐在其間，無不覺心胸朗闊、神清氣爽。

慶伯體貼地命人抬來了一架黃花梨八仙雕花長榻，中置小案，案上是兩碗熱騰騰的雁肉湯，幾只攢心盒兒，裡頭分別盛著小巧玲瓏的蟹肉饆饠，以及半個巴掌大的羊肉胡椒餡饆饠，晶瑩剔透的玉露團和胡麻油醋拌的嫩生野菜。

「拾娘嚐嚐看這味拌野菜，甚是脆爽清苦回甘，」裴行眞笑吟吟殷勤道：「我翁翁埋首案牘通宵達旦過後，也會來上這麼一碟子拌野菜清口養生。」

拾娘依言吃了，點點頭讚賞，不忘塞了個玉露團到他手裡。「確實極好，昔日我隨我阿耶征戰沙場，軍糧不夠的時候，也會跟一幫軍士兄弟們滿山尋摸野物野菜，回營打打牙祭——對了，蟹肉饆饠和羊肉胡椒饆饠都是發物，你眼傷未癒吃不得，吃個玉露團吧！」

裴行眞手裡拿著軟呼呼的玉露團，既覺心暖又覺好笑，自我解嘲道：「瞧，慶伯都只疼妳不疼我了，滿桌備的都是妳愛吃的，我就是個添頭。」

拾娘一頓，心底有些愧疚。「那……我便與你同進退，也只吃玉露團便好。」

「傻拾娘，我與妳玩笑罷了，妳只管多吃多喝些，我和慶伯都歡喜。」他神情溫柔如水，忙探摸著小案上的攢心盒兒，直往她面前推去。「——對了，拾娘可否與我再多說說些當年行軍打仗時的趣事兒？」

她猶豫了一下，見他滿臉期盼，只得略略撿了幾樣說了。

……比方說，人要是餓狠了，莫說野物野菜，就是草根樹皮都能嚼吞下肚，一幫兵痞糙漢操練猛，廝殺狂，常常餓得五臟廟咕咕亂叫。

當後援糧草押送跟不上的時候，他們也只得進山裡到處「禍害」飛禽走獸，舉凡鳥窩裡的鳥蛋、河裡的魚蝦，就連松鼠藏糧過冬的樹洞都能給掏個一乾二淨！

爲了活下去，爲了打勝仗，也爲了能安然回到故鄉見家人……

拾娘自覺許是當年打仗時常挨餓，所以自己這些年來落下了個頑疾，除了熱衷於破案外，就是對吃吃喝喝異常感興趣。

無論到哪裡辦案都想找東西吃，即便星夜兼程趕路，「紅棗」馬背囊袋上必定裝著醃醬、臘肉和胡餅。

「我都記著呢，」他忍不住輕輕笑了起來，語氣裡盡是愉悅和懷念。「我們兩人頭一次在山神廟過宿的時候，妳便隨身帶了極美味的茄蒜醬……」

她眼神也溫柔了，低聲道：「當時明明置身破敗荒涼的山神廟，六郎光爲煮個茶，就讓人收拾出一方乾淨，擺上黃釉小風爐，茶盞茶碾一個不缺；那時我想，長安世家子弟就是窮講究。」

「幸虧拾娘不嫌棄我。」他一手玉露團，一手伸上前。

拾娘接握住了他的手，感覺到他修長勻稱的指節間長年執筆留下的繭子，摩娑間，他掌心的溫暖……

去歲邂逅相識時，萬萬沒想到能有今日的相知相許，兩心依偎。

「——六郎，你的眼睛是不是治不好了？」她凝視著他，心頭隱隱發痛。

他俊美玉面笑容霎時猝然一僵，而後強笑道：「拾娘怎會做如此想？不過是小小眼傷，又如何能難得倒兩名醫術通神的太醫令呢？」

拾娘眼露心疼地看著他，半晌後道：「……好。」

六郎既這般說，她便信。

縱使他日後眼睛再也治不好，於她而言，他永遠是那個裴家六郎，機變睿智、算無遺策又胸有公理正義的裴大人。

裴行眞未免她再追問和擔心，忙岔開話題。「對了，昨夜自戴郎中腹內取出的那羊皮小囊何在？」

「在此。」拾娘神色一肅，將所有桌上食物全數取至一旁，而後自懷中掏出那一物。

清晨回到別院，她便立時將黏稠鹹腥發臭羊皮小囊內之物取出，那是一只蠟丸，用匕首小心破開蠟丸後，裡頭是一只折成小方勝的桑皮油紙。

一攤開，裡頭潦草地畫了個太陽、一支竹竿、一隻蟬，並且隱諱地寫了七個小字——

庫中械，溢出五千。

「畫了太陽、竹竿、蟬？以及庫中械，溢出五千？」裴行眞聽完後，反覆咀嚼這幾個字。「庫部司內多出了五千軍械？」

拾娘嚴肅道：「從古至今，無論前線還是後方，只聽過有人膽大包天中飽私囊、盜賣軍械以致短缺的，還未曾聽說過軍械不減反增，且戴郎中會特地留下溢出五千，顯然是這五千軍械，不在紀錄上。」

「是，事反常即妖，」他點了點頭，心下微沉。「這多出來的軍械究竟是誰放進去的？目的又爲何？戴郎中之死，想必就是有人知道他發現了庫部軍械溢出的祕密，故此不惜滿門滅口，也要保此事不會洩漏出去。」

「戴郎中的一舉一動恐怕早就被人監視著，」拾娘思忖道：「而這下毒的常氏，究竟是監視之人？她九年前就存心潛伏戴家？抑或是近年才受人收買，成了刺向戴家人心臟的那把刀？還有，他畫的三個小圖又是什麼含意？」

「太陽……竹竿……蟬……蟬？」裴行眞腦中飛閃過無數暗語排列，從字訣到軍中諜報祕語一直到……他陡然心中大震，深吸了一口氣，神情凜然。「拾娘，我口述，勞妳代擬一紙密奏，請翁翁遞與聖人，求得密令容妳我暗察兵部。雖說戴郎中昨夜一死，兵部那頭必定也開始大動，但即便有心之人趁夜將異常多出的軍械轉移往他處，事出匆促，總會留下一星半點的痕跡。」

「喏。」她一頓。「那戴郎中滅門命案……」

「若我推斷無錯，聖人連北衙第六營都出動了，藉著左驍衛的名義將戴家六名受害屍首送往大理寺，就是爲保全證據。」

「聖人這是信不過刑部嚴密保全證據的能力嗎？」她抿了抿唇，忽有些心驚。

「還是信不過——」

——我們？

裴行眞有一剎的沉默，不知該如何告訴拾娘，適才自己心中那大膽的推測。

「刑部人多口雜，確實已經不適宜，想來聖人也自有安排。」他指尖在膝蓋袍上輕輕敲動，心思疾動。「雖不知聖人是否收到了什麼信報，但我們一查兵部，訊問諸官吏守兵，無論如何都須得有聖人允可，明正則言順，否則即便查找到了確鑿的線索，光是一個越權之罪，就足以叫人有攻訐的漏子，在朝上打起糊塗仗，徒增阻礙。」

「拾娘明白。」

✦

裴行眞推敲再三，做好了事前的萬全準備，可卻怎麼也沒想到，裴相卻被攔阻在太極宮門之外。

笑吟吟卻一臉歉意來親自攔人的，正是聖人的貼身內監，銜領殿中省監一職的黃內監。

「請裴相止步，」黃內監躬身道：「聖人近日都沒怎麼睡好，早朝後便在楊妃殿裡歇下了，如今誰都不敢吵擾聖人，還請裴相見諒。」

裴相蹙眉，壓低聲音道：「黃內監，若是旁的政事也罷了，可今日本官要稟之事，聖人必定想第一時間知道的。」

黃內監無奈地嘆了口氣，語氣添了三分眞誠，也小小聲道：「裴相，若是老奴能作這個主，自然也想退讓至一旁，任由您踏進殿門，可沒有聖人口諭，您這就是擅闖內廷……」

黃內監話意無須說完，裴相也知擅闖內廷是大罪，即便他身爲尚書僕射，等同宰相，一旦無詔闖過了那道門，輕則遭喝斥退家自省，重則大大降職治罪。

退家自省和降職治罪，裴相自然不懼，但他心知肚明，便是大膽衝撞了這麼一回，也幫不上孫兒和拾娘的忙，反倒令他們落入受人掣肘之境。

裴相腦中思緒疾閃而過，心中有一剎的掙扎……

賭？還是不賭？

他深沉睿智隱誨的蒼眸低垂，而後假意輕怒，大袖恨恨地拂甩了黃內監一記，趁著寬袖衣袂交觸的瞬間，手心裡的那紙團塞給了黃內監。

「你這是在恫嚇老夫嗎？」

黃內監不著痕跡地一怔，而後面色從容含笑如故，彷彿什麼都沒有發生過，再度躬身對他行了個禮，好脾性兒道——

「老奴哪敢呀？聖人確實是歇下了，裴相還是請回吧。」

裴相瞇起眼盯著他。「本官就是喜歡在這太極宮的殿外階梯上候著，如此也不成嗎？」

黃內監啼笑皆非，趕緊道：「裴相您這是爲難老奴了，入秋風涼，萬一讓您在這兒久站受寒，老奴等可擔不起。您放心，等聖人起身了，老奴必定立時向聖人稟報您來求見一事。」

裴相神色猶豫，躊躇了一下。

「裴相請回。」黃內監袖底悄悄遮掩地比了個手勢。

裴相心下微微一鬆，清癯端肅面容依然做慍怒之色，最終悻悻然緩步退下。

「哼！」

黃內監也放下了高高懸著的心，轉身回到了殿內，只是在穿過重重曲橋，兩畔遍植的淡黃秋日楊柳盡頭，忽然見一個風韻素雅、眉目如畫的中年宮妝華袍美婦在宮娥簇擁下，靜靜佇立在那兒。

黃內監心一驚，下意識把紙團往袖底內袋深處塞，忙小快步上前見禮。

「參見楊妃娘娘。」

越近前，寧馨淡泊的楊妃周身散發著淡淡暖心甜甘香氣，幽幽然，如麝似桂，豆蔻馥郁若蜜……

坦白說，楊妃容貌雖有其秀美雅韻，卻不是這皇宮中最美豔或最清麗的，也與端莊聰慧、笑靨溫暖的皇后娘娘不同，但自有一股淡雅芙蓉花般的韻致。

無怪乎內廷裡，聖人第一留戀的是皇后娘娘寢宮，再其次就是楊妃的清淑殿了。

楊妃凝視著他，半晌後淺淺一笑。「聖人醒了。」

黃內監愣了愣，忙彎腰道：「謝娘娘相告，老奴這就去服侍聖人。」

楊妃頷首，看著黃內監行禮後匆匆而去，她若有所思地環顧著兩畔層層疊疊暈染的葉黃楊柳，輕輕一嘆。

「……今歲的楊花落得眞快。」

「時序已入秋，楊花自然都落盡了，」一旁貼身宮娥湊趣兒地道：「娘娘您喜看楊花，待明年春末夏初，便又能見著聖人特意命人爲您植下的這片楊柳，看楊花漫天紛飛如雪霧的美景了——這份榮寵，乃內廷獨一份，連皇后娘娘都沒有呢！」

楊妃回頭。「旖女，妳是哪年入的宮？在本妃身邊多久了？」

「回娘娘的話，奴是貞觀六年初秋入的宮，」旖女一臉恭謹敬慕地仰望著她。

「蒙娘娘恩德，自貞觀十年，奴入清淑殿服侍娘娘，至今恰恰已五年整。」

「妳想家嗎？」楊妃有一絲恍惚，忽問。

旖女面上笑意霎時消失，慌亂地跪了下來，頭搖得跟波浪鼓似的。「不不不！奴不想家，奴也沒有家了，況且娘娘待奴恩重如山，奴便是有家也不願回……若是奴做錯了什麼，請娘娘儘管責罰嚴懲便是，千萬別把奴逐出宮去，奴不願出宮。」

「為何說妳沒有家？」楊妃未多加解釋，向來嫻靜淡雅不問世事的她，今日卻罕見地多了幾分談興。

旖女目含苦楚，低道：「奴自幼雙親俱亡，後被叔父撫養，貞觀六年叔父犯事流放，抄沒家產，女眷發賣。奴雖在親屬之列，但當初判案的大人說，因奴不是叔父的嫡親兒女，所以改判籍沒，入掖庭……」

楊妃聽得專注。

「……奴在掖庭是螻蟻中的螻蟻，做最粗重的活兒，從無一日吃得飽飯，若非貞觀十年，無意中救了娘娘養的『玉團兒』，奴今日也沒有這般天大的福份能來服侍娘娘。」旖女哀哀求道：「娘娘，若是您要奴死，奴立馬自盡於娘娘面前，心甘情願就死，只求娘娘別不要奴……」

「傻孩子，」楊妃眼露不忍，雪白細緻保養良好的玉手親自攙扶起了她。「妳年紀甚至還沒有我所出的吳王來得大，服侍我這五年來處處妥貼盡心，我又怎捨得逐妳出宮？」

「謝娘娘……」旖女淚眼汪汪，受寵若驚。

「本想著妳年輕細心秉性溫軟，無須白白在這深宮中蹉跎歲月年華，若是能早些出宮與家人團圓，本妃也算是行了個善念，做了份功德，」楊妃溫柔道：「只是妳既也無家可歸，又一心為我，那我更得幫妳指個好去處。」

「娘娘——」旖女又是一慌。

「吳王如今在淮南道安州任刺史，他身邊也沒個仔細安妥的人兒，旖女妳去照顧他，本妃也可放心許多。」

旖女俏臉瞬間紅了，心跳如雷，隨即又咬著唇，神情凜然堅定拒絕。「吳王英武果敢，自然是頂頂好的主子，可奴這條命是娘娘救的，奴這輩子只想效忠娘娘，肝腦塗地、在所不辭。」

楊妃目光悲憫地看著她，半晌後又是一嘆，柔聲道：「既如此，那本妃便依了妳罷。」

旖女嘴角喜悅笑紋剛剛揚起的刹那，忽地後背突然被猛力一推，她連驚叫都來不及，瞬間就深深墜入了這太極宮北海池的一角內！

墜入冰冷刺骨池水的一霎，旖女死命撲騰掙扎著想浮出水面呼救，可同一時間忽聞撲通一聲，似已有人跳入池中，她大喜，還以爲是娘娘命人下水救自己，可萬萬沒想到，那人卻是在水裡死死地摁住她的頭……

半盞茶辰光過去，渾身溼淋淋的宮娥爬上了岸，悲泣地伏地道：

「娘娘，奴無能，旖女溺斃救不得了。」

楊妃搖了搖頭。「妳已盡力，這都是命。」

早在貞觀六年，旖女被安排入掖庭，貞觀十年，救了清藻殿內的愛寵貍奴玉團兒起，就注定了她們主僕緣分今日的「不得善終」。

……旖女，念在妳侍奉我一場，我原也給了妳生路的。

「娘娘，您這幾年都忍讓過來了，怎地選在今日除了這細作？」身旁另一名年長宮娥欲言又止。「難道您不怕聖人心生疑竇？」

「我伴駕多年，向來拘禮自守，從不敢與皇后爭什麼，也不會與皇后爭什麼，皇后娘娘她……很好。」楊妃聲音輕了起來，眸底閃過一抹水色，而後又像是想起什麼，語氣酸澀蒼涼。「——貞觀十一年，聖人因侍御史柳犯一紙彈劾，說恪兒游獵時不慎踩踏莊稼，便將恪兒安州都督降爲刺史，並削減封戶三百戶……下手懲罰得這般重，明眼人都看得出，面上是做給長孫無忌看，實際上不過是昔日楊花落盡李花開，今日他卻怕李花盛極楊花復。」

年長宮娥微微變色，驚悸擔憂地低聲提醒：「娘娘呀，這些話可萬萬說不得。」

「且不說此處空曠隱蔽無人，即便他李二郎人就在我面前，我也無甚不敢說的。」

「娘娘——」

她溫雅面容有著一縷與之不相配的，豁出去的瘋狂，慘然而笑。「我做了他這麼多年的女人，爲他誕下恪兒和愔兒，在我與他最情濃之時，他尚且能在清藻殿埋了旖女這枚釘子，我不管旖女是自己生了惡念妄心，意圖挑撥我與皇后，還是言談種種，皆受他指示……今日我偏要拔了，他欲待我如何？」

年長宮娥眼眶一酸，也只得好言勸道：「可聖人終究是一國之君，娘娘與聖人賭氣，也只是徒傷損了您和兩名小主子在聖人心中的情份和體面。」

「我不發作這麼一回，二郎恐怕眞當我是泥人兒了。」她語氣平靜，背影卻是微微顫抖。「不過，也無怪聖人瞧輕我，昔年在帝父眼中，我便是個連封號都不配擁有的帝女，甚至遠遠比不得出身宗室，受封公主遠嫁突厥的義成姑母……我自知，我在他們眼中永遠不是最重要的那個。」

「娘娘……」年長宮娥心頭發澀，吶吶道：「何至如此？」

她不再理會年長宮娥寬慰，側首對那渾身溼答答發抖的宮娥道：「速速去稟報，讓人來打撈旖女的屍首，她雖對我不忠，我卻不能令她死後遭魚蝦囓食，今日……就當我欠了她的，往後，我也保全她叔父一條命做彌補便是了。」

「喏。」

楊妃疲憊地對年長宮娥道：「我倦了，回去吧！」

年長宮娥也恭應了聲「喏」，忙上前扶著她，和一眾宮娥簇擁著她離去。

——須臾，清藻殿正殿中，聖人高大身形著一身雪白中衣，披了件狐皮大氅，斜靠在金銅火籠前看著一張折痕細細的紙。

矮案上一只小小香爐靜靜燃著寧心安神的甜香氣息，黃內監忍不住偷偷多聞了兩口，只覺胸懷舒暢，有種說不出的恬靜愜意感。

無怪乎聖人只要政事繁忙傷神煩躁，就喜到楊妃處歇歇。

黃內監定了定神，又躬身屏息侍立一旁，不敢言語。

聖人心神有一絲恍惚，不知自己已盯著那紙條許久了……最後「哼」了一聲，眉眼間不知是惱怒還是欣慰。

黃內監在一旁是看也看不明白，聖人此際是內心猶豫、難做決斷，抑或胸中早有定見，只是聖謀深慮不欲爲人知？

「奴曇嫗求見聖人。」殿門傳來年長宮娥恭敬聲。

聖人抬頭，對黃內監略一頷首。

黃內監忙對守殿門的左武衛比了個手勢，左武衛們立時放年長宮娥入內，且默契悄然地關上了巨大的殿門。

「說吧！」聖人收攏心神，將那紙條拋入金銅火籠內燃了。

黃內監心一震，腰背本能彎得更低了，小聲道：「老奴先告退。」

「不必。」聖人英俊臉龐眉眼間微現歲月皺紋風霜，笑了笑。「老黃你守著，朕安心。」

黃內監肺腑間感動得陣陣發熱，卻也抑不住心下怦怦直跳。「喏！」

年長宮娥入殿內後，一掃適才在楊妃身邊時精明溫厚之色，此時面色恭謹清冷，輕聲將方才所發生的種種盡數稟報。

黃內監臉色變了，越發連喘氣都不敢。

原來隨楊妃「陪嫁」入宮多年的曇媼，竟也是聖人的人……

聖人聽完了後，只不動聲色道：「知道了……楊妃向來溫順，若非此番那旂女服侍得不好，多嘴惹得她不快，也不至於逼她下此手。」

「聖人聖明。」曇媼頭垂得更低。

「說來說去，還是朕給她的底氣不夠。」聖人道：「玄甲軍中的『鸞兵』，早年撥了幾人隨扈楊妃左右？」

「回聖人，三名鸞兵，不過月前一名鸞兵『蜂尾』失蹤——」

聖人目光冷厲。「竟有這等事，如何不報？」

曇媼瑟縮了。「娘娘說，天下難得有情人，她成全了『蜂尾』，也是為兒孫積福，便不讓報。」

「天下難得有情人……」聖人一震。

良久後，他擺了擺手。

「奴告退。」曇媼如獲大赦，忙退下。

殿內一片靜寂，只聽得火籠內藥炭燃燒時的輕微聲響，還有那一縷縷縈繞鼻端的藥香。

「……朕這些年，確實委屈楊妃了。」聖人語氣有些悵惘。

黃內監摸不透箇中情由，只能訕訕然道：「聖人待楊妃娘娘好，娘娘想必也是知道的。」

「她怨朕哪。」他搖了搖頭。

黃內監不敢再多嘴了。

「恪兒文武雙全，最是肖朕。」他眸光幽微低垂。「可朕不能讓任何人對太子生出不臣之心，毀君臣之道，壞兄弟情義……除都督之權，削封戶三百，也是爲保全他。」

「聖人一腔慈父心，吳王定然能領受的。」

「嗤，你這老奴，翻來覆去安慰朕的也就只有這一句話，可見是平日不讀書的過。」聖人哼道：「罰你三杖以示警醒！」

黃內監傻眼了，撲通一聲跪下。「聖人恕罪——」

「滾吧！」聖人瞪了他一眼。「對了，命人去請平壽進宮一趟，陪楊妃說說話，告訴平壽，若是她能博得楊妃笑顏歡喜，朕自會重重賞她。」

「喏，喏。」

黃內監只得愁眉苦臉地出去自領三杖，被打得屁股紅腫高高，齜牙咧嘴地哀哀喊疼。

可也不知怎地，黃內監挨了這三廷杖，竟惹得皇宮內廷處處風聲蜚語四起。

眾人無不私下揣度議論是裴相求見聖人不得，一怒拂袖而去，聖人知曉後龍顏大怒，不欲發作裴相，便把滿股怒火全往黃內監身上發去了。

所以黃內監這是代裴相受了這無妄之災。

一瞬間，眼疾復原無望的裴侍郎和文臣領袖裴相，祖孫雙雙遭聖人厭棄的流言邪風，漸漸在朝野間流竄而起……

第五章

此時此刻，在別院內苦苦焦心久候，卻只等來翁翁命人捎來一紙空白信函的裴行眞，他素來氣定神閒的俊美面容霎時血色褪去，好半晌未能開口說話。

他在想，想聖人命他輾轉三書六部見習……後又特提他入刑部任左侍郎……自己數年來屢破案件，可卻都是歸攏到長安刑部複查的案子，直到去歲，聖人允了他假出外部查案。

自驛站水缸命案、蒲州張生案、紅綃案到衡州帳冊、潞州薛氏女命案……及昨夜的庫部司戴郎中命案……甚至想到了，聖人藉由聞人肅示意予他看的那只小玉虎……

聖人，究竟是在下怎樣的一盤棋？

而做爲置身其中的棋子，他應該按照執棋之人的意思，供其驅策？還是該綜觀棋局，逕自縱橫捭闔殺出一條生路？

——而他，猜錯了嗎？

「六郎，」拾娘按捺不住了，霍然起身，手摁在腰間刀柄上，冷聲道：「既然裴相也見不到聖人的面，得不到聖人口諭或手書允可，那便不必再等了。」

「拾娘不可！」裴行眞脫口而出，疾聲阻道：「妳——容我再想想，聖人竟連翁翁都不見，此舉必然另有深意。」

「不必再想了。」拾娘面無表情，冷豔眸光閃過一抹狠戾。「你們長安人有長安人的作法，可我是蒲州司法參軍，我們那裡的規矩就是——只要上官沒說不能幹的，我們就能幹！」

裴行眞呆住。「什……」

「大唐武官九品十六級，我除任蒲州司法參軍一職外，在貞觀四年的陰山之戰後，更是受聖人與朝廷頒封的正四品上忠武將軍。」拾娘忽道。

裴行眞心念一動。

她冷冷地續道：「——所以，如今我要辦的案子，並非庫部司京官戴郎中命案，而是蒲州軍隊所配備的弩、甲、矛等軍械，歷年來皆由長安兵部庫部司統一發放，我懷疑其中兵械有以次充好之嫌，事涉國之利器……無論身爲司法參軍還是忠武將軍，我卓拾娘皆有權循線向上追查。」

裴行眞頎長身形有些筆直僵滯，然而漸漸地，他嘴角卻難以抑止地悄悄上揚了。

——呀，我家拾娘眞聰明！

「是！衡州的帳冊、戶部的帳目、戴郎中的滅門命案種種，自有聖人裁奪，可蒲州兵械若有次等劣品，自當回溯及兵部庫部司，有法有據……」他嘴角笑意漸漸疏朗，說著說著，越發篤定。「我亦有聖人特許案查六部之權，庫部司，我定然是要同妳去的。」

拾娘蹙眉阻止道：「六郎，這是我們武將的事，與你文臣無關，你不必蹚這灘渾水。」

自己是個行伍之人，行事手段粗獷蠻勇慣了，若遭聖人怪罪，即便要打要罰，她皮糙肉厚，幾十軍棍也算不得什麼。

可他不一樣。

「朝廷大事無分文武，」他面色瀟洒慨然，嗓音低沉有力。「況，妳我同枝連氣，於公於私，於世人眼中，皆爲一體，妳卓拾娘要辦的案子，也就是我裴行眞要辦的案子！」

拾娘仰望著他，腦中想好的悍然拒絕之詞一霎鯁在喉間，再難說出口……反倒是心頭因他最後那兩句話，不自禁陣陣發燙，熨貼得暖意融融。

儘管他此刻目不能視，可她隱隱有種莫名的感覺，彷彿即使隔著重重黑綢紗，他們依然能眼神交會，看進對方的心……

同心同德同進退。

「好。」她粲然一笑。

✦ **靈州大街**

霍長史霍正身姿修長容貌俊秀，和嬌豔無儔的洪娘子站在一處，夫妻言笑晏晏，光是站在那兒就儼然一幅畫卷兒。

盧元有一絲自慚形穢，可再回頭看了眼自己身邊美麗端莊的高門貴妻，也忍不住挺了挺胸膛——

嘿，自己生得不如霍長史又如何？他自家的大娘子可也絲毫不輸洪娘子呢！

「盧大人來了？」霍長史發現了他，微笑招呼。

盧元清了清喉嚨，忙挽著妻子崔大娘子向前。「今日難得休沐，便陪我家娘子上街逛逛。」

霍長史微微挑眉。「盧大人眞是好閒情逸致。」

盧元心虛地摸了摸鼻子，有些求助地偷偷瞄了妻子一眼。

崔大娘子神態自若，似笑非笑道：「我家大人平時勤於公務，兢兢業業，從不敢有一日懈怠，今天既是休沐，霍長史疼愛妻子陪同出行，我家大人亦是如此，又有何不可？」

霍長史還未開口，盧元心一緊，不安地暗暗輕扯了扯娘子的袖子。「咳，娘子，不、不是——」

他是想讓娘子上前跟洪娘子好姊妹親親熱熱攀談，把這尷尬場面給圓了，並不是要她替自己主持公道，當場給霍長史難看哪！

「無妨，」霍長史不動聲色。「那就是霍某多管閒事了，既如此，我與娘子便不耽誤盧大人賢伉儷——」

「霍兄！霍兄！」盧元急出滿頭大汗，忙忝著臉上前拉住霍長史不放，好聲好氣陪笑道：「我家娘子不是那個意思，她只是一心為我，聽不得有人說我不好……咳，不對不對，我們夫婦都知道霍長史是為我好，這才多提點了我一句，我明白的，都明白的。」

俊秀端肅的霍長史牽著妻子的手，邁開腳步要走，卻被盧亢笑呵呵地左攔右攔，即便冷眼相視，他就縮縮脖子做無辜瑟縮狀……霍正看著面前這個好脾性兒又如滾刀肉的男人，不禁有些無奈。「——盧大人，你好歹是堂堂牧馬使，注意些官格，怎好像坊間沒臉沒皮的賴子似的？」

「我這不是怕霍長史您生氣嗎？」盧亢赧然。

「你——」

洪娘子噗哧一笑，剎那間光華大盛，連平時總覺自家娘子天下第一美的盧亢也不自禁愣了愣，有一瞬的心炫神迷……回過神來後，忍不住羞愧地漲紅了臉，火速放開了霍長史的手，忙退回自家娘子身邊。

崔大娘子心緒有些複雜難辨，下意識護住了她這平庸呆愣卻老實頭的夫郎。

「阿郎，你就別再嚇盧大人了。」洪娘子膚白貌美，豔麗如灼灼芍藥，連嗓音都嬌嫩得令人心生酥麻。「待會兒崔家阿姊眞惱了，我可也要同你不依的。」

霍長史溫柔地低頭看著身邊豔色殊麗的妻子，心軟了下來。「好，我聽妳的，不嚇盧兄便是了。」

盧元傻傻地望著他們。「啥？」

崔大娘子眸光隱隱一閃，也笑了：「霍長史今日怎地這般好興致，竟尋起我家大人的樂子來了？洪妹妹也是，平常總哄著說與我好，可終歸還是偏心妳家阿郎，往後我可知道，絕對是不能再信妹妹的滿口嘴甜了。」

洪娘子撒開了霍長史的手，窈窕嬌俏如紅蝴蝶般撲到崔大娘子身畔，摟著她的手臂撒嬌道：「崔阿姊，我錯了我錯了……」

「哼。」崔大娘子假意輕哼一聲。

「崔阿姊莫氣啦，」洪娘子輕輕搖了搖她的手，笑嘻嘻道：「我今日好不容易求了阿郎同我出來，就是爲了幫盧姊夫分憂解勞的，崔阿姊便是看在妹妹這片心上，也別跟我置氣才是。」

「洪妹妹的意思是——」崔大娘子心念一動，壓低聲音。「——馬匹之事？」

洪娘子笑容粲然，俏皮地眨了眨眼。

盧元瞬間豎尖了耳朵，滿臉不敢置信的驚喜。

霍長史輕咳了一聲，上前一步把洪娘子給搶回懷裡，淡聲道：「休沐之日，我本想先幫娘子添置幾件冬衣首飾，再到府上拜訪，不過既然這般湊巧在此碰著了面，那先辦正事也可。」

盧元大喜若望，熱切地拱手鞠躬相謝。「多謝霍兄，霍兄高恩——」

「走吧！」霍長史不願與他在大街上多惹他人注意，細心攙扶妻子便率先往停靠在不遠處的霍府馬車及部曲方向走去。

盧元激動之下也傻愣愣地要跟上去，後來還是崔大娘子蹙眉低喝住了他——

「阿郎，咱們家的馬車在另一頭呢！」

「啊，對對對。」盧元這才急吼吼地又兜轉回來。

崔大娘子抑制住心頭陡然冒出的不耐與躁意，面上還是做賢良之色。「阿郎，既然事有轉機，你也該沉下性子才是，待會只先聽聽看霍長史怎麼說，暫時什麼都別答應。」

「爲什麼？」盧元疑惑，也猶豫道：「可霍長史都願意搭救我一把了，可見是眞拿我們當自己人，假若我還推三阻四的，豈不是不識好人心？萬一眞惹怒了霍長史可怎麼好？況且《素書》有云：自疑不信人，自信不疑人，我又如何能疑心霍長史的一片好意呢？」

崔大娘子禁不住冷笑。「阿郎竟連《素書》這般的奇書、天書也曾閱覽而過，可見得這些年寒窗苦讀之功，但阿郎總不能只讀了片面卻不思其內竅，尤其爲官之道，機關可不在那些光明正大的聖賢書上。」

盧元一怔，有些不安，心中又莫名有種被窺破手腳的惶然刺痛感……娘子這話是什麼意思？她、她是知道了什麼嗎？還是……還是當初她和他們根本就是錯認了人？

這半年來的如夢種種，散落紛雜而來……有驚聞中舉外放爲官的狂喜，有家僕如雲簇擁的得意，嬌妻在懷恩愛的甜蜜……有千里跋涉赴任風霜之苦，以及在靈州處處從頭學起的艱難……

直到如今一切漸入佳境，他這個牧馬使也越做越有滋味了，萬一哪天被人戳穿了，從夢中驚醒過來，落得極目四望滿身蕭索，那該如何是好？

不！他不願！

盧元臉色煞白，結結巴巴。「娘、娘子……」

崔大娘子見他面容灰敗，還以為是自己話說得過重了，霎時放緩了聲音。「——阿郎，你我於霍家而言不過是平輩之交，縱使我與洪娘子頗為投緣，可也不曾對霍家有甚大恩德，霍長史怎會費心插手這樁棘手麻煩？這背後深意尚未知悉前，還是莫輕舉妄動才好。」

盧元悶悶不樂。「娘子，我知道了。」

崔大娘子遲疑了一下。「阿郎，你莫多心，我非指你處事不慎，只是你如今任朔北靈州牧馬使，責任甚鉅，每走一步都輕率不得。」

「我知道娘子一心為我好。」盧元看著美麗又賢慧的妻子，自感汗顏。「為夫只是覺得慚愧，不能成為娘子頂上遮風避雨的屋簷，反倒還要娘子處處為我籌謀。」

「我們夫妻又何須計較這些？」崔大娘子微笑，難得打趣道：「況且阿郎若是日後官運亨通，我在眾娘子間也越發風光，豈不快哉？」

盧元難掩感動，驚惶忐忑的心也暖融融了起來，緊握住她的手。「娘子，妳放心，爲夫定然會奮發上進，讓妳過上夫貴妻榮的好日子。」

崔大娘子看著他滿臉誠摯，平庸的眼神彷彿會發光……不禁愣了愣。

◆

霍長史夫婦果然很快便到了盧府，只不過雙方才剛剛坐下閒談兩句，喝了一盞茶後，霍長史忽然主動提議要到臨汱監馬場看看狀況。

崔大娘子啜飲茶的動作驀地一頓。

盧元本能想點頭，又及時想起了妻子交代的話，硬生生地擠出了句——

「這……太臨時了，不如霍兄再稍等幾日，等我把馬場那頭都打點好了，再請霍兄大駕一觀？」

霍長史面無表情道：「盧大人，明年春，貞觀十道各下監須得有三百匹小馬降生，否則太僕寺、駕部要追究問責……朝廷這一紙命令是給你牧馬使，而非我家刺史大人，所以一概於我無涉，若非我娘子再三央求，說不忍見她的好姊姊爲夫郎公事憂心過甚，我也不欲介入此事。」

洪娘子睜著清澈又嫵媚的眼兒，欲言又止，有些無措。

盧元登時緊張了起來，忙起身拱手道：「霍兄，我知霍兄是看在洪娘子和我娘子的情分上，這才仗義相助，我們夫婦是萬分感佩的……」

霍長史打斷了他的話，冷冷道：「盧大人，換馬可是殺頭之罪，於公於私，論兩家交情，還不至於能令我甘冒斬刑助力於你，只是我恰有萬全之策，又因娘子說情，我才走這一遭，但盧大人既然有所顧忌，那便是我們夫婦多管閒事了——娘子，我們回罷。」

洪娘子望向崔大娘子，弱弱地喚了聲：「崔家阿姊……」

盧元也眼巴巴地盯著自家娘子，想問又不敢問。

霍長史注意到盧元的動作，不由輕諷一笑。「原來盧大人府上和僑門，是崔大娘子才能作得了主。」

盧元身形一僵。

崔大娘子卻沒有半點慌亂之色，慢條斯理地把茶碗放了回茶案上，首次直視霍長史看似溫和卻鋒利的目光。

「霍長史，我出身清河崔氏。」她平靜地道：「五姓七望培植出的，男兒當報效朝廷保家衛國，女子當主持中饋輔佐夫郎；我阿郎初入官途，滿心赤誠做好這牧馬使一職，想為我大唐顧好這一方良駒健馬，我這個娘子只有心疼他的，若有使得上力之處，便是女子之身也當全力以赴……又有何不可？」

此番話擲地有聲，不只盧元深受震撼、感動涕零，連霍長史都不由得面色一肅，默然片刻後，起身拱手一揖——

「崔大娘子，是霍某淺薄了。」

洪娘子看了看這個，又看了看那個，咬著豐潤如蜜的下唇怯怯道：「……阿郎，崔家阿姊，你們別惱了，都是誤會。」

「是啊是啊，都是自己人。」盧元趕緊左右討好相勸。「咱們好好說話，好好說話便是。」

崔大娘子面色緩和，淡聲問：「霍長史是面冷心熱之人，我們夫婦銘感五內，日後必有大謝，至於下監馬場自然也不是看不得，只不過我阿郎畢竟才到靈州就任不過半年，下監眞正交好的下屬也只有十之二三，若未事先部置妥當，就怕霍長史一隻前腳剛踏進下監的地兒，下一刻消息便四通八達流到了靈州各勢力手上，眾人皆知你是刺史心腹，萬一……」

「妳的顧慮，我來前自然也想過了。」霍長史笑笑。「正因我是刺史麾下的佐官，代刺史大人來關心地方馬政，也屬天經地義，沒甚好啓人疑竇的；不過自來謹愼是好事，崔大娘子能走一步想十步，不愧是百年世家清河崔氏的女郎。」

崔大娘子只嘴角淺淺一勾，「婦道人家見識不高，霍長史謬贊了。」

盧元心急地插嘴問：「霍兄，霍兄要去看看馬場，是想到了什麼好法子嗎？」

霍長史神色泰然自若。「我有萬全之策，可也得先看過馬場再說。」

盧元立時跳了起來，熱情邀約。「霍兄請，請——來人！快備馬車，本官要去下監巡視。」

「喏。」

崔大娘子身軀微微一動，卻被洪娘子高高興興地挽住了。「崔家阿姊，公事就給他們男人去辦，妳上次提及過嫁妝裡有一架名琴綠綺，音色清洌悠遠，纏綿非常，妹妹可否有幸一見？」

「自然可以。」

「那崔家阿姊能奏一曲與我聽嗎？」她嬌憨地笑。「我手笨，每每都學不好，最是欽佩琴藝精湛高妙之人啦！」

崔大娘子又被她抱牢了手臂纏住不放，只得笑嘆了口氣。「洪妹妹既然想聽，我豈有讓妳失望之理？」

「崔家阿姊眞好。」

在靈州下監馬場的這一頭，霍長史刻意端著副架子，大大方方地被盧元領著在龐大而規整，幾乎一望無際的馬廄裡走走停停，「逛」了大半。

他們身後跟著的副監和馬丞起初也亦步亦趨跟隨得緊，但這麼徒步走了一個多時辰，見他們二人都是走馬看花似的，再不就是漫談一些無關緊要的，諸如——「那匹馬蹄色如白雪，如詩中踏霜而過云云」、「這匹馬養得體膘肥壯，還跑得動不」等等。

副監和馬丞從最開始的精神抖擻、嚴陣以待，漸漸地腿也痠了、人也乏了，最後紛紛藉詞要忙旁事，便躲懶溜班走了。

在兩人眼中，盧元本來就是個好哄的實心人，霍長史雖然在外頗有威名，可親眼所見，就是個俊秀靦腆的兒郎，說不定是仗著容貌生得好，被刺史瞧上了，擄入帳中……咳咳。

這種事兒，誰又說得準呢？

副監和馬丞在下監混了近十年，油滑如老吏，自然也有相同的陋習，見上官能被自己唬得住，也就無甚敬畏之心了，更是暗地裡越發輕蔑了三分。

只是等這兩人一走，霍長史一改適才風花雪月文人書生的款兒，腳步倏停下，眼神銳利地盯著馬廄角落地面……似有幽光閃過。

「霍兒，怎麼了？」盧元也走得雙腿發軟，若不是強撐著，都險些叫娘了。

霍長史回頭，微笑了。「盧大人，恭喜。」

「恭喜？」盧元愣住。「喜從何來？」

霍長史一指馬廄牆角地面凝結出的，星星點點皮殼狀和鹽花狀晶瑩之物，道：「盧大人可識得此物？」

盧元仔細看了幾眼，不以爲意道：「喔，馬伕說這在朔北叫地霜，秋高氣爽天候便會在地面凝結而成，不是什麼尋常難見的東西，有時馬兒腹內鼓脹，排便燥結，拉不出馬糞，馬兒偶爾還會自己去舔兩口，有通便之效呢！」

「此物名爲地霜，又稱硝石。」

「硝石？」盧元一震，神色警覺起來。「就是古籍記載中，丹士練丹時所用可燃燒爆炸的硝石？這、這麼一大片都是硝石？」

霍長史眼神隱晦，而後又笑了。「硝石也有區分，易炸者乃眞硝，而非此物芒硝，芒硝雖也可燃，卻不危險，甚至是一味極好的藥，主治食積堅痞，常溫中、消食、逐水、能通便亦可緩瀉……總之，也許這片芒硝非但能解你之爲，甚至還能爲下監掙來不少額外的財帛。」

盧元瞬間熱血沸騰，激動得臉都紅了。「眞、眞的？」

「自然不假，」霍長史道：「我可借你些人手，都是些精通採硝的硝民，對外只消宣稱馬廄地霜密布，長年累月，恐對馬匹不好，所以硝民進駐，一可清除地霜，二可由硝民採其歷代相傳祕法，化地霜爲硝，售賣予藥堂，臨沐監亦可得其利。」

「那……那三百匹小馬駒的事兒呢？」盧元喜不自勝，險些忘了最緊要的大事，忙求問道。

「硝民進駐採硝，怕傷及馬兒，這些馬兒自然是要分批先外放於草原馬場上，臨沐監草原馬場翻過山就與曹家馬場相連接，只要看守的府兵和圈場圍欄那頭布置得好，神不知鬼不覺換來三百匹有孕牝馬，亦非難事。」

「妙啊！」盧元強忍狂喜，高興得團團轉，又一愣。「不對，臨沐監馬兒身上都烙有『飆』字印——」

「我族兄專司烙火印，只要我出面，他沒有不答允的。」

眼下饒是諸事順遂，盧元在歡喜得連連搓手之餘，還是忍不住吶吶問道：「霍兄，你這般幫我，連族兄也給拖下水了，值嗎？」

盧元雖然心眼實誠，在半年前也還只是個滿懷經綸抱負，暢想日後前程仕途該當如何云云的應試書生，但這半年歷練下來，也明白天底下沒有賠本殺頭的買賣和不勞而獲的好事兒，霍長史如今是幾乎把身家性命也給壓上了……

他幹嘛這麼做？

甭說全是受不住洪娘子的撒賴請託，寵妻是一回事，掉腦袋可又是另一回事！

霍長史覺察到他的困惑，俊秀面龐不由掠過一絲陰鬱，自失一笑。「也罷，既然我與盧大人眼下都是同拴在一根繩上的螞蚱，便也無甚好隱瞞——曹家馬場是我外祖的營生。」

盧元震驚得瞪大了眼。「這——」

「我大唐盛養馬，初期馬兒卻是從突厥人和隋人的遺馬而來，」霍長史低聲道：「在聖人一聲令下，朔北隴右監牧成果日漸豐碩，民間私人馬場也欣欣向榮，可私人馬場牧馬之數亦有規範，每年也須受地方有司監管，曹家前年卻私下裡接了筆大買賣，買家是長安張篙——」

「張篙？」盧元咋舌。「在長安靠『轉貨于市，資累巨萬』的巨商張篙？」

「是，張篙從事南北轉運貿易，所需騾馬耗損極大，他暗地裡定下六百餘匹中等馬做拓展新商路之用，沒料想上個月張篙生了場重病，幾個兒子鬧著分家，竟不惜棄單，」霍長史揉了揉眉心。「——曹家馬場超養了這麼多馬，待明年春初有司來查，後果不堪設想。」

盧元不解。「可馬兒向來只愁少不愁多的，曹家為何不賣馬解決後患？」

「賣與誰？」霍長史反問：「六百多匹馬，其中包含春季受孕待產的牝馬三百二十匹，這麼大的一筆買賣，即便分散出去，化整為零，瞞也瞞不住……除非是賣到關外，但那可是抄家滅族的大罪，誰敢？」

盧元聽得心下惴惴。「那倒也是……」

「所以幫了你，便是幫了我外祖。」

聽霍長史將這等要命的祕密都說與自己了，盧元那高懸著的心終於回到了原位，連連點頭。

「明白，明白。」盧元遲疑地又問：「可三百多匹牝馬，我可沒那麼多錢帛——」

「臨沐監馬場地幅遼闊，馬兒散養於野外，不仔細驅趕圈數，自可瞞天過日，待明年春誕下小馬，太僕寺、駕部和有司檢閱過後，三百匹小馬歸臨沐監，三百匹牝馬再回曹家馬場。」霍長史意味深長道：「大夥兒都是為了應付上官，如此豈不兩全其美？」

盧元聽得一愣一愣，總覺得有些不對，可如今也沒有旁的妙計良策了。「――那、那便聽霍兄的，可我們接下來該怎麼做？」

「硝民進駐臨沭監，得你親手擬書批允用印。」霍長史微笑。「剩下的，我自會安排妥當。」

「使得使得，如此便有勞霍兄了。」盧元滿眼感激。

✦

長安

既然所有人都盯著他們，拾娘的暴力破局，反倒殺了各方勢力一個措手不及！

當拾娘冷著臉大步闖進庫部司時，連聞聲而來的庫部司員外郎都傻眼了，忍不住惱怒道――「這……卓參軍，此處乃兵部庫部司，並非蒲州，可不是您能管的地兒。」

「她能。」裴行眞手持竹杖，一派風雅地緩緩而入。「本官亦能。」

庫部司員外郎一震，忙躬身行執手禮。「裴大人？」

「本官有聖人特許案查六部之權，」眼蒙黑綢紗帶的裴行眞淡淡然道：「庫部司戴郎中一家六口不幸遇害，如今你便是這裡最大的官兒，你若不信我與卓參軍能查庫部司，自可親向聖人上書問詢，我能不能入內看上一看？」

庫部司員外郎雙膝都發抖了，他他他這等小人物，哪能上書聖人？哪敢質疑聖人素來最信重的裴大人？

可……即便如此，他也不敢擅自放人進去，自己的直屬上官可是兵部尙書，尙書大人沒點頭，他放人就是個死！

庫部司員外郎也顧不得四周下屬迷茫無措不安的眼光，牙一咬，雙手大張，整個人擋在了庫部沉重的鑄鐵大門前——

「沒有姜尙書的手令，誰都不能進去，除非踏過下官的屍首！」

拾娘冷冷道：「不必那麼麻煩。」

庫部司員外郎一怔，剎那間眾人眼前一花，只覺疾風掠面而過，待再定睛一看，庫部司員外郎不知何時已經暈暈忽忽萎然跌坐在地，鼻息間還發出了鼾聲……

拾娘修長指尖緩緩收回，她適才閃電般欺身上前，迅捷飛快在庫部司員外郎後頸風府穴和大椎穴各自一捏，氣力恰到好處，能令其瞬息暈睡不醒。

「卓參軍！您對我司員外郎做了什麼？」守兵和司吏面露驚慌之色，下意識手按隨身的唐刀握柄上。

「別急，我只是讓他好好睡一覺——莫非你們也想？」拾娘冷豔的臉龐面無表情，眸光環視而過，眾人情不自禁顫抖了起來，頸上陣陣生寒。

「不不不。」眾人神情惶然，紛紛識趣退開，卻也不敢退得太遠，而是挨挨蹭蹭擠在兩旁。

裴行眞雖看不見他們眼中的畏懼，依然爾雅溫言道：「此事與你等無涉，本官依法按律查案，便有人要怪罪，也怪不到你們頭上。」

「喏，喏。」

拾娘單手摁在沉甸甸鑄鐵大門前，像是隨意一推，平日得兩名高壯大漢方能勉強推動的大門，瞬間霍然而開！

眾人不敢置信地看著眼前冷豔高挑的女子……宛如在看著一尊殺神。

「大人，走吧。」她一手推開庫部司大門，一手溫柔地牽過身形頎長溫潤如玉的裴大人，兩人就這麼瀟灑率然地走了進去。

等姜尚書收到消息後氣急敗壞領兵趕來時，他們已經反手把鑄鐵大門從裡面拴上了。

「大膽！」姜尚書氣得面色漲紅又隱隱發青。「究竟是誰給他們的膽子？他們怎麼敢？裴卓兩家，這是想造反嗎？」

「大人，眼下該如何是好？」親信在一旁眼露焦灼。

姜尚書深吸了一口氣，強按下怒火，嘲諷一笑。「無妨，查吧，就讓他們去查，本官倒要看看他們能查出個什麼東西？若查無半點線索罪證，屆時要受百官彈劾，聖人雷霆之怒的，可不是你我……裴行眞以爲自己如今還是那個被人高高捧著的裴家六郎，哼，長安官場最不缺的就是冉冉升起的新星，也少不了一夕之間被打落塵泥裡的昨日黃花。」

內廷消息都傳出來了，聖人不見裴相，裴六郎漸失聖心……

「來人，把門牢牢守著，我便要看他們兩人能玩出什麼花樣來！」姜尚書命人抬來一架胡椅，自己大剌剌端坐而上，就正對著庫部司緊閉的大門。

「喏！」親信猶豫了一下，彎腰悄悄地附在他耳畔輕聲問：「大人，那大將軍那裡……」

姜尚書眼色抬也不抬，聲音低微幾不可聞。「放心。」

親信也暗暗鬆了口氣。

而隔著厚重的一扇大門，裴行眞隱約能聽見外頭姜尚書適才的暴跳如雷，可拾娘精練武術，耳目向來較尋常人犀利敏銳十分，她還聽見了「大將軍」三個字，眼皮不由微微一跳。

——大將軍。

如今天下人皆知，長安城內還在位置上，能被稱作「大將軍」的，恐怕也只有那一個人了。

「拾娘，怎麼了？」裴行眞與她心意相通，即便她什麼都沒有說，卻能從她不著痕跡的手部隱隱一緊中，感覺到了異常。

「此事，怕是與李郭宗大將軍脫不了干係。」她低聲道。

裴行眞心頭也有一絲凝重。「我也猜到了。」

自李衛公退下來韜光隱晦以來，李郭宗大將軍在軍中威勢霸氣愈盛，雖說於大唐而言，其功勳不及李靖李衛公，可就憑著昔日他在貞觀四年胡城一役中的戰功，以及這些年來在朔北軍邊防經營種種，聖人也十分滿意……

拾娘想起紅綃案中，總有李郭宗影影綽綽的身形，心情有幾分沉重。「他究竟想做什麼？」

裴行眞默然一瞬，隨即道：「無論如何，我們只消追著線索走，他想做的事，總會一件件露出馬腳。」

「是！」拾娘打起精神，她環視堆疊在架上密密麻麻的軍械。

裴行貞雖目不能視，嗅聞著四周揉合著鋼鐵、皮革和淡淡油臘與灰塵的氣息，所有曾在兵部歷練閱察過的卷宗在腦中一一清晰翻現，低沉有力道——

「——高祖武德六年建軍器署，主管甲弩製和修繕，部司有二，弩坊署負責造矛槊、弓矢、排弩、刃鏃；甲坊署主甲冑、浸繩、筋角、雜作，兩署產出甲弩按照規定時間入兵部下衛尉寺的武庫署，貞觀六年歸統於庫部司所轄……除卻每年撥下到各上州的軍械外，其餘則供長安十萬軍隊所用。」

拾娘出身行伍，自然明白弩甲矛等兵器嚴禁民間私造，而貞觀十道裡的中州、下州，軍械都由各地方官府工匠冶煉所造，受兵部和刺史嚴密監管。

裴行貞輕聲道：「——長安十萬長備軍又分南衙禁軍和北衙禁軍，北衙六軍是聖人直屬親兵，共六萬人馬，其中一萬是騎兵，只受聖人調遣。」

拾娘看著龐大的庫部司，軍械十具一綑，分層堆疊有致，皺了皺眉道：「十萬人軍隊，除開平日他們隨身配戴武裝在身上的，均會再打造一套甲弩備用，箭矢則不計……那麼庫部司裡至少有十萬具軍械甲弩兵器。」

「戴郎中臘丸中所畫之圖姑且不計，然他留字言道：軍中械、溢出五千。」裴行眞側首。「昨夜日暮至今，已經過了十個時辰，幕後之人想必已經把溢出的五千軍械搬騰一空了，但，總會有痕跡的。」

「兵部上下官吏不歸刑部管轄，若咬死了不說，訊問也訊問不出個結果來。」拾娘冷冷道：「有朝廷法度和李郭宗大將軍在背後撐著，他們骨頭硬著呢！」

「所以我們必須在庫部司找出線索。」裴行眞修長如玉的大手蜷握了握，略有不甘，隱隱懊喪氣餒道：「可恨我此刻如眼盲之徒，猶如廢人。」

她心微微一抽疼，放軟了聲音道：「我當做你的雙眼，你便做我的腦子，若論心細如髮，也無人能及得上六郎。」

他胸膛霎時暖意肆流，幾乎說不出話來，只摸索著牢牢握緊了她的手。「好，都聽拾娘的。」

第六章

拾娘忍住心頭酸澀，牽著裴行眞一步步在這堪稱巨大的庫部司軍械房內巡視起來，邊細心描述道：「沒有獨輪鹿車載重物來回而過留下的痕跡，多數是竹帚掃平的地面。」

「腳印呢？」

「腳印也沒有。」

「此地無銀三百兩，」裴行眞道：「日常運送甲弩必有新舊車痕，鹿車由二人挽之，一人推之，腳步鞋印疊沓不可少，把溢出軍械偷運走後負責收尾的主事者，有腦子，但不多。」

拾娘想起了方才那個員外郎表露於外的行跡。「外頭的員外郎定也逃不了嫌疑。」

「他是戴郎中副手，庫部司任何動靜他若再宣稱不知，只怕連兵部那兩頭守門石獸都不信。」裴行真挑眉。

「只可惜姜尚書來了，必定會力保此人，再不濟，索性也滅了口……」拾娘冷哼。

反正兵部如今是連臉面都不要，趁著背後有人仗勢，趁著她與六郎無權審問，裝傻充愣，只要沒有確鑿人證物證，就能一床大被又將其掩蓋而過。

軍中，這樣的事兒從來少不了，何況這裡是長安。

朝廷上、暗流下的腌臢手段，只有她想不到的，沒有他們做不出的。

拾娘心頭有一絲煩躁，一時間真有踹開大門，把那名員外郎捆個紮紮實實，當場逼供的衝動。

可當她瞥向身帶眼傷卻依然奔波辦案的裴行真時，剎那間胸中狂鬱之氣消散了大半。

不行，她今日闖兵部庫部司已經讓六郎陪她甘冒大險了，絕不能再輕舉妄動壞了規矩和大計。

她深深吸了一口氣，定了定神，拾掇了個妥當的地兒，讓行動不便的裴行眞先行暫坐，自己則開始一分分一寸寸地仔細搜檢起來。

……只是十萬甲弩軍械非同小可，饒是拾娘長年混跡軍伍，熟稔兵事，又精通武藝火眼金睛，卻也整整花了近一個時辰才抄點完所有軍械。

十萬軍械排放齊整，弓弩十套一綑，甲冑百套豎立一排，如棋盤縱橫，張疏有度，清點容易，一個時辰查看下來卻並無任何異常。

就連橫架上都被人精心擦拭過，不能藉由灰塵積累的薄淺，亦或是軍械搬離的印子來辨認佐證。

拾娘清冷面容上，額際罕見地沁出了點點汗意。

而在彼端，裴行眞安然靜坐，氣度從容，心知眼下自己唯一能做的是別給拾娘添亂，只等拾娘有需要他之處，自會出聲叫喚。

他在默然等待的同時，腦子也沒歇著，試著將許許多多看似不起眼又八竿子打不著的蛛絲馬跡與記憶碎片，在靈台內不斷反覆拼湊……

——衡州刺史爲何膽大包天敢在稅賦上做陰陽帳？

——紅綃一案，尚書省崔左丞書房遺失的究竟又是何物？

——當日李郭宗大將軍親自掩護「紅綃」自「開遠門」離長安，甚至暗示他，此案關乎朔方、靈州、薛延陀甚至突厥之大局，且宣稱聖人亦知……

——如今朔北有變，庫部司郎中滿門慘遭毒殺滅口，死因恐是發現軍械異常巨增……到今日這多出來的、顯是見不了光的軍械又一夕間被運走，究竟運向何處？又是爲給哪支軍隊所用？

李郭宗大將軍的穩坐高台……聖人的諱莫如深避不見面……還有方毅之，身爲形同副相的徐晉忠徐公心腹，因何昨日特意在刑部面上與他言語衝撞，暗地裡卻提醒他，兵部即將來要戴郎中一家六口屍首，好教他與拾娘加快動作搶占一步先機？

徐公素日和李郭宗大將軍於朝上時有意見相左之處，徐公屢屢藉天下太平諸邦臣服大唐之由，向聖人提請削減駐軍兵餉，拉長府兵平時屯田的時間，多稻米豐熟，少操練兵戈。

李郭宗大將軍則是大為唾棄此舉，堅持增兵，只因東突厥雖已順唐，西突厥卻始終蠢蠢欲動，雖周邊高昌、焉耆、龜茲、于田、疏勒等國畏於大唐天威，漸漸與長安交通往來，可狼吃慣了肉，何時撕咬而來，又有誰說得準？誰又能保證？

如今朝中為此也分了三派，一派主戰，一派主撫，一派則主以商經略、潛移默化。

裴行眞想得頭疼，這千絲萬縷的干係令人如游走在刀尖鋼弦之上，稍有不慎，推敲有誤，都是落得全盤傾覆的下場。

「還有一個人……」他心念微動，清俊面龐掠過一抹凝重，喃喃自語：「甚是古怪。」

另一頭，怎麼也搜查不到新線索的拾娘，心臟漸漸在胸腔內激烈撞擊起來，隱生躁意。

倏地，她鼻端隱約嗅聞到了一絲違和的氣味，稍縱即逝，腳步猛然倏停在這一處盔甲羅列擺架前。

拾娘目光銳利地盯著最前頭的那具甲衣上的兜鍪，湊近用力一聞——

就是這裡！

✦

……大唐甲衣有明光、光要、細鱗、山文、鳥錘、白布、皂娟、布背、布兵、皮甲、木甲、鎖子、馬甲等十三種，其中長安軍又以明光鎧最爲普遍。

明光鎧主在胸口有一到兩片以金屬打磨成的護心鏡，於日照下耀眼奪目、光可鑑人，多爲將領、軍官方配得使用。

而拾娘適才便是在這具明光鎧配備的兜鍪上，聞到了一縷有別於尋常鎧甲上會塗抹護潤避鏽的油味，這油味還有種說不出來的……昂貴。

拾娘正想伸手摘下兜鍪，卻眼尖地發現了這具明光鎧腰際銀色鱗甲內，還刮蹭到了一小截的銀繡素布，不仔細注意，根本查看不出。

她精神大振，小心翼翼地取下那拇指長大小的銀繡素布，和那只兜鍪一併帶走，疾步奔向裴行眞。

「拾娘？」他側耳傾聽到她腳步聲迅速近前。「可有發現了？」

「六郎，你聞聞，這像是什麼味道？」她將兜鍪靠近他鼻間。

「拾娘這是拿我當細犬用了？」他抿唇一笑，卻依順地認眞嗅聞了聞。「——咦？」

「通常甲胄戰後歷經血汙等，皆需得清洗、上油，而新甲入庫前也同樣要上一層薄油，置放通風良好之處以防鏽蝕，」拾娘面色嚴肅。「但我聞著，這兜鍪前沿散發的油味卻不一樣。」

裴行眞很快辨認出來。「這是龍腦頭油的氣味。」

「龍腦頭油？」

「是，龍腦自龍腦香樹而來，珍貴非常，多產於婆利國、扶南國和波斯，其樹有肥有瘦，肥者出婆律膏，瘦者出龍腦香，可入藥，多爲王公貴族或巨富豪商做爲薰香抹身或頭油所用，香氣馥郁不滅，能掩體味。」裴行眞細細解釋道。

拾娘思忖。「所以說，是有人行進間腳步匆忙，有些踉蹌，沒注意歪身撞在了這具明光鎧上的兜鍪，而此人用得起龍腦頭油，必定不是尋常兵卒衛士或小官小吏……」

裴行眞搖了搖頭。「不是姜尚書，兵部尙書雖然是個肥缺，但姜尙書時時得上朝，縱使家資豐厚，也絕不敢公然大剌剌地抹這般昂貴馥郁的頭油，等著御史臺和政敵彈劾；況且偷運軍械一事是殺頭抄家大罪，他不會蠢到親手執行。」

只是，留下龍腦頭油痕跡之人，究竟得多粗心或者多肆無忌憚，才會入庫內不帶幞頭和冠帽？

他面色端凝，總覺有哪裡不對。

「還有這個，」拾娘把那一小截銀繡素布取出，放在他掌心上，語氣凝重：「那具明光鎧銀鱗甲間還刮到了這點子布料，雖然只有一小角，可我瞧著這布料上銀絲繡著的，像是忍冬和連珠相間的暗紋。」

「越冬而不死，連珠而不絕，寓意靈魂不滅、輪迴永生。」裴行真指尖輕捻其布料，道：「粟特人喜用此傳統紋飾，且對粟特人而言，『吉乃素服、凶則皂衣』。」

「昔日陰山大戰，唐軍中不乏粟特士兵，」她一頓，吁了口氣。「難怪我亦覺得眼熟。」

裴行真條理分明列算起來。「所以，留下痕跡者，許是個日常穿戴豪奢，體味濃重，野心勃勃且膽大妄爲，並有能力裡應外合，將溢出的大批軍械從眾人眼皮子底下神不知鬼不覺，偷樑換柱運出庫部司，甚至長安……之輩。」

拾娘深深吸了口氣，腦中閃過一個人名——

「粟特巨商安儈扎？」

就是那個和戴郎中同住一坊一條巷，家中僕婦「恰巧」與常氏熟絡，同樣來自朔北，且天下買賣無所不做的安儈扎。

「有個法子能證明，他究竟有沒有涉入軍械盜運一事。」裴行眞將暗紋黑布往袖裡內袋一塞，倏地握住了她的手。「走！」

「等等。」拾娘忽然喚了聲，而後飛快用胡袖擦掉了兜鍪沾上的頭油，還不忘將其在地上摩擦兩下，滾了一地灰。

「拾娘在做甚？」

「不能讓他們知道我們發現了什麼。」

裴行眞不由笑了。「拾娘聰慧。」

即便行事匆忙，她還是忍不住瞅了他一眼——那是，跟狐狸混久了，她也多少該長點心眼子。

此刻庫部司門外，重兵環伺，姜尚書在看著厚重大門開啓的剎那，目光狠戾一閃，豁然起身下令喝道——

「來人，拿下！」

「還你！」拾娘手一揚。

姜尙書還沒來得及看清楚閃動撲面而來的是什麼，就被兜鍪當胸一砸，險些岔了氣。「咳咳咳咳——大、大膽——」

裴行眞嘴角上揚，又忍住了。

「這兜鍪都沒擦乾淨，庫部司是有些失職了。」拾娘冷冷地環顧四周驚駭拔刀對峙的兵將，而後對著被砸到面色青白，怒火中燒的姜尙書道：「不過現在我與裴大人趕著去查案，也就不追究了，告辭。」

「卓拾娘！」姜尙書心頭一跳，急吼吼道：「妳莫仗著妳阿耶卓盛，就敢在長安橫衝直撞胡作非爲——」

「姜尙書錯了，」裴行眞溫文爾雅一笑，語氣卻清冽透寒。「卓參軍倚仗的，是我大唐聖人命房相、長孫大人和杜公於貞觀十一年編定的《貞觀律》，更是聖人封授她忠武將軍的職權。」

「你！」

「所以她到兵部庫部司關心一下軍械狀況，也是職責所在，至於意外發現有軍械維護不當，提醒一句也分屬應當。」裴行眞微側首，似笑非笑。「卓將軍不曾逮著兵部疏失不放，只一心與我往軍器署查案，眼下更是無暇再與姜尙書理論，對了……不過庫部司的地掃得不錯，連個鞋印子也無，這點倒是值得表揚。」

姜尙書一怔，會過意來後，臉色霎時難看了起來。

而方才早已被一巴掌打醒，全程嚇得跪伏在地的員外郎聞言更是面容慘白，恨不能再度暈死過去。

氣氛一時僵滯如冰。

「胡言亂語，信口雌黃！」幾息後，姜尙書鐵青著臉，昂著下巴硬氣道：「哪裡有軍械維護不當之事？我卻是親眼見你二人擅闖的庫部司，且本官還要追究你二人惡意毀壞兜鍪之罪！」

「姜尙書說的也有理，」裴行眞點點頭，慢條斯理道：「那尙書大人便去上告聖人吧，等聖人裁示，屆時兩造對簿公堂，六郎必定奉陪，但現在我二人要告辭了。」

「放肆，本官沒放行，你們一步也休想踏出我兵部。」姜尙書對眾兵將一揚手。「還發什麼愣？通通拿下！」

「姜尙書理說不過人，還爲了區區一個兜鍪髒汙，就要惱羞成怒翻臉？」裴行眞一聲喟嘆，談吐彬彬卻是火上澆油道：「嗚呼，眞眞是世風日下，官箴敗壞，莫過於此。」

姜尙書氣得老臉脹成紫紅一片。「豎子！豎子！」

拾娘一手緊緊牽著裴行眞的手，另一手悄悄按在腰間橫刀握柄之上……

以前聽阿耶講起三國故事，每每提及諸葛孔明陣前活生生罵死魏國司徒王朗，她還覺著定是說書人添油加醋的橋段，不過現在，她信了。

六郎這張嘴，還眞能氣死人！

而姜尙書大發雷霆之下，已然怒喝眾兵部守衛拿人，兵將也聽命迅速呈包圍之勢，就在針鋒相對，危機一觸即發之際——

裴行眞悄悄探手入懷，正想掏出聖人所賜金魚符，再「狐假龍威」一回。

忽地，有一名不起眼的小兵無聲無息地來到姜尙書旁，湊近附耳對著他說了句什麼。

姜尚書瞳孔微微一縮，而後瞬間怒火全消，面色恢復威嚴冷厲。

拾娘瞇起了眼，戒備地盯著這一幕。

「好，兩位大人請自便吧！」姜尚書手勢止住眾兵將守衛，目光斜睨著裴卓二人，突然改口。

拾娘不著痕跡地蹙了蹙眉心，心中存疑，但也不願再多糾纏下去，緊握著裴行眞的手就大步往外而去。

在雙人騎乘於馬兒「紅棗」背上，健蹄颯踏如飛的獵獵風過聲中，拾娘目光銳利直視前方，單手攢緊轡繩小心控馬，一手牢牢抓著身後的裴行眞，唯恐他不小心墜落馬下，低問——

「六郎，姜尚書突然放人，是不是覺著我們在庫部司查不到線索，就算去了軍器署也徒勞無功？」

裴行眞微躬身軀，伏靠在她頸項耳畔嘆息。「庫部司這頭軍械一動，軍器署卷宗只怕也已遭竄改，我們到軍器署自然無用。」

拾娘猛地轠繩一勒，「紅棗」昂首嘶鳴止蹄，力氣之大險些將他們二人給甩了出去。

裴行眞餘悸猶存地緊緊摟著拾娘的纖腰。「怎麼了？撞著人了？」

「沒有。」拾娘回頭，想瞪他，才記起他現在是個「半瞎子」。「既然到軍器署查不出個所以然，我們爲何還去？」

「我不這麼說，姜尙書和他背後之人，方才會輕易放我們兩個出兵部嗎？」他微微一笑，氣定神閒眉宇舒展，趁機挨在拾娘肩上偷偷蹭了蹭。

拾娘臉頰莫名一紅，隨即有些輕惱。「大人！」

在說正事呢！

他連忙正色，清了清喉嚨道：「兵部諸人自然打不過妳，可一旦雙方動手，只消有人趁亂殺死同僚來嫁禍於妳，這牽扯到了人命，妳將被迫束手就縛，受制於兵部和大理寺待審——而我，必不讓妳入獄遭這個罪，也定會拚卻了這一襲官身和裴家之勢全力保妳。」

拾娘眼神一凜，透骨生寒。「六郎的意思是……」

「若我是他們，就設下這樣的連環計，步步緊箍，如蛇牽制、纏絞對方喉頸，直拖入必死之局。」他嘴角淺淺笑意消失了，聲音低沉而危險。

拾娘臉色陡變，她腦中電光火石回想著剛剛自己環視四周時，眾兵將守衛各自站立的位置……彷彿歷歷在眼前。

方才庫部司大門前諸兵將十八人，三人一組，以六花陣，六包一的圓陣蓄力包圍，有五組均是一人在前，二人在後，可她與六郎背後那一組卻是兩人在前，一人在後，一反唐軍慣常的錐型攻守之勢……

她心頭一緊！

所以後頭那人在前面兩人身形的遮掩下，於混戰之中，若想趁機抽刀刺殺同僚，在視線死角內當是輕而易舉，且她用的也是橫刀，事後真要掰扯起來自也是說不清的。

拾娘喃喃。「好狠辣的毒計。」

「所以，我絕不會讓妳落進這樣的險境。」他語氣深沉鄭重。

她眼眶倏熱。「六郎……」

「故此，我適才故意說溜嘴，讓眾人誤以爲我們急如星火地欲趕往軍器署查探卷宗究竟，」他輕聲道：「他們心知肚明軍器署那裡也是問不出個什麼東西，自是樂得見妳我白費工夫，一無所成，日後在朝堂上還能多彈劾我們一個罪名。」

「我明白了。」她眼神鋒利。「所以我們動，就是死棋，我們退，他們也不吃虧……且雙方犄角，各有顧忌，還不到時候，他們若不想逼得魚死網破，便也就順勢放我們走了。」

「是。」

「沒仗打，這幫人的刀劍心眼都拿來對付自己人了。」拾娘一咬牙。「大人，那我們現在怎麼辦？」

「去西市。」裴行眞果決道：「玄機在那裡等我們，我要他打聽的，想必他已經打聽到了。」

拾娘一頷首，倏然調轉馬頭，驅策著「紅棗」改道疾馳在朱雀大街上，快如流星往西市而去。

在西市距離「開遠門」和「金光門」最近的「居德坊」，自皇城內穿過大半條朱雀大街，趕在他們抵達前一盞茶辰光方到的玄機，在見到他們的刹那，心下一鬆，快步迎上來低聲道——

「大人，您推算得沒錯，西市昨夜『熱鬧』得很，今早有一大批胡商馬隊和駱駝隊出城，持的是安布蓋的印……這也是今日唯一出『開遠門』的商隊。」

「左領軍府左郎將，安布，粟特人，貞觀四年和薛延陀同時投效大唐。」裴行眞清眉皺了皺。「安僧扎的貨？」

「對，大人怎知？」

「安僧扎可有親自隨行押貨？」裴行眞知道玄機雖然平時看著不著調，但關鍵時刻心思縝密，絕不會不放線人釘子進安家打聽的。

「今早開坊鼓一敲，就是安僧扎打頭陣，從『開遠門』領商隊出的長安。」玄機猶豫了一下，點頭道。

裴行眞神情難掩一絲冷峻，隱隱慍怒。「城門守兵就無人查檢嗎？」

「安左郎將有聖人詔令，說是爲慰勞留在安西督護府，安西四鎭上的粟特聚落，所以特地獎賞了千匹絲帛，讓『薩寶』，也就是粟特商隊首領安僧扎親自押運出行，聖人點名要送的貨，誰人敢查？」玄機眼神有些矛盾不自在，聲音壓得更低了。「——大人，我怎麼覺得事情越來越發古怪？」

……聖人避而不見，卻在此時賞賜千匹絲帛給粟特，還遠至安西督護府，讓安僧扎順理成章出長安，而兵布庫布司位於皇內城，若沒有極上位者允可，大開方便之門，又如何能通過重重門禁運送軍械？

難道這一切背後的主使者……

——是聖人？可目的何在？

裴行眞指尖冰涼，隨即又立時推翻了這個臆測，沉吟道：「安布當年曾受李郭宗大將軍之恩，這幾年雖不曾聽過他們往來熱絡，可前次『紅綃案』中，便有人看到過李郭宗大將軍的車駕在安布府邸前停過，至少三刻之久。」

玄機吶吶。「所以，我們可要去找安布求證？」

「他會老實說嗎？」

「那倒是。」玄機訕訕然一笑，又輕咳了一聲。

裴行眞蹙了蹙眉。「你著涼了？」

玄機連忙搖頭。「沒有沒有，就是有些嗆著了。」

「現在我們該怎麼往下查？」拾娘牽著紅棗。「追上安僧扎的商隊嗎？若能循著車輪負重痕跡深淺，確定方向，快馬加鞭的話半日或可趕上。」

「我們是刑部屬官，離長安須得先經劉尚書行書令允可，」他一頓，果覺道：「最快的法子，就是向聖人稟明一切，並請口諭或詔令，如此貞觀十道天下皆可通行。」

「好，就這麼辦！」

◆

靈州　臨沐監

盧元搓著手，緊張地張望著一批批硝民入內，雖說今日他用換防的理由，在山那一頭與曹家馬場相鄰之處，換上了自己這半年來攏絡收服的可靠人手行動，爲求謹慎，連周管事也親自過去盯著，按理說是萬無一失。

但畢竟偷換馬匹之事非同小可，即便是爲了配合朝廷政令，他才不得已而爲之，才甘冒此大險，可消息要是一不小心走漏出去，到時候掉的就不只是官帽，而是脖子上這顆腦袋了。

——可，到底是被摘官帽要緊？還是掉腦袋要緊？

盧元眼底茫然之色更深，此時此刻，他竟不知自己怎地會走到如今這一步來？

他霎時打了個大大的冷顫，倏然衝動地高聲一喚——

「慢著！」

領頭的硝民回過頭來，其餘三十幾名硝民也停住了腳步，面露疑惑不解之色。

「大人，怎麼了？」

盧元心下惴惴，矛盾猶豫道：「那個……你們暫且先別動手，容我再想想……」

「大人，我等奉了霍長史之命前來做事，時辰緊迫，耽擱不得。」領頭的硝民風霜滿布的粗糙黝黑面孔掠過一絲爲難，「況且藥舖那邊交貨的日子都訂好了，我們採了硝石回去後，還得經過浸水、過濾、熬煮、曬乾等繁瑣工序，得耗費好些時日呢！」

「這——」盧元被領頭的硝民拿話噎住了。

「是先前大人您這頭答允過的，我們也這才跟藥舖打的契約。」領頭硝民神情有些忐忑委屈。

盧元反倒內疚起來，索性心一橫。「那、那好吧，你們便繼續做著你們的差事，只千萬仔細當心些……還有，要快。」

無論如何，都得在明日一早換防前把事都辦妥了，越延遲一刻，越發多一刻的風險。

「喏！」

而同一時間，在牧馬史府內的崔大娘子將一隻鷹隼放飛了出去，牠腳爪上繫著的小銅管子在秋日下，反光一閃而過。

管事嬤嬤靜靜陪侍在側，望著那頭鷹隼迅速在天際成了個小點，旋即消失不見，不由感慨道——

「大娘子，這半年真是苦熬不易，不過總算大事將成。」

崔大娘子美麗端莊的臉上面無表情，睫毛低垂，掩住了所有的情緒。「是，這一切終於要結束了。」

「只是周號那兒，不知會否被發現？」管事嬤嬤喃喃自語。

崔大娘子抬眼，目光滋味複雜。「阿郎信任崔家的人，不會有事的。」

「大娘子，您該不會當真對主君……心軟了吧？」管事嬤嬤有些緊張戒備起來。

崔大娘子冷冷地道：「我知道自己在做什麼。」

管事嬤嬤舔了舔發乾的嘴唇，勸道：「大娘子——」

「覃婆，妳逾越了。」

管事嬤嬤臉色一白，雖不甘心，還是默默閉上嘴。

崔大娘子低頭看著自己腕上的玉鐲，色若芙蓉，沁著一抹春意盎然翠生生的綠……這是月初，盧元用攢了近半年的俸祿，趁著休沐日在靈州城裡走破了腳皮，精心挑選來爲她賀生辰。

他一邊小心笨拙地幫她套上玉鐲，一邊靦腆呵呵傻笑，直說等將來俸祿多了，定然再給她換個更好更貴的。

「……娘子，我知道妳嫁給我是委屈了，妳放心，我一定好好作官，做出一番成績來，讓妳在家族姊妹前不落人後，能揚眉吐氣，讓誰都不敢小看妳。」

崔大娘子不知該如何形容當下心頭的滋味，又是灼熱又是熨貼，還有怎麼也吞嚥不盡的酸澀苦楚。

「你，不必如此的。」她目光落在玉鐲上，明明觸肌沁潤，卻覺刺疼得厲害。

「妳是我娘子，我本就該處處疼惜愛護妳的。」盧元國字臉生得並不俊俏，甚至還有幾分書生意氣的憨態，注視著她的眼神卻無比專注真誠。「娘子，若非有妳，我盧元現在什麼都不是，或許還是那個滿腔抱負卻鬱鬱半生的落第秀才，娘子，我會一輩子對妳好的。」

崔大娘子凝視著他，半晌後微微一笑，淚光瀅然。「好，妾知道了。」

人非草木，孰能無情……

可，她偏偏不能有情。

世家自來一枯俱枯，一榮俱榮，同氣連枝，大風摧折之下，誰又能倖免？

她本就沒有選擇的餘地。

「覃婆，妳放心。」她閉上眼，聲音冷漠決絕。「我眼下是盧家婦，但永遠是崔家人。」

管事嬤嬤暗暗鬆了口氣。「大娘子是明白人。」

第七章

……聖人，六郎信您。

……那，您也是信六郎的罷？

黃昏，裴行眞頎長挺拔身軀，筆挺恭敬地跪在大殿外求見。

漸漸夜幕低垂，初秋入夜寒風起，只著單薄的緋色官袍的他卻彷彿不覺著冷，身形一動也不動，俊美蒼白的面上神色堅韌而執拗。

黃內監愁眉苦臉地來到他面前。「裴大人，老奴剛剛已經稟過一回了，可聖人已說了不見，裴大人您現下又是何苦呢？」

「黃內監，六郎要向聖人稟報之事，至關重要，如果聖人不接見，我便長跪在此處不起，」他朝上仰望，瘦削微尖的下巴繃緊。「後日大朝，聖人總要踏出寢殿的，我等。」

黃內監被噎得說不出話來，半晌才吁了口氣，無奈一笑。「裴大人幼時都不曾這般胡攪蠻纏過，怎麼如今年歲漸長，越不講規矩了？」

「黃內監也是看著我長大，自知六郎從不會拿正事玩笑，」他嗓音沙啞。「請黃內監再入內，為六郎說說話。」

「裴大人，您這是為難老奴啊。」黃內監老臉越發愁了，嘆了口氣只得轉身回殿。

裴行眞自然明白自己此番行事厚顏無恥，尤其黃內監居中左右為難，可他總感覺到冥冥之中有種看不見摸不著的危機和殺氣，正悄悄然翻江倒海、鋪天蓋地席捲而來。

雖沒有確鑿證據，可多年在朝局中和百官拚搏，在詭祕懸案中與凶謀交手，他於危險和陰謀的嗅覺已比尋常人機警敏感百倍，如山雨欲來風滿樓，如地牛翻身前蟲鳥先動……

他等不得了。

況且打草驚蛇，亦是兵法第十三計：疑以叩實，察而後動；復者，陰以媒也。敵人在暗處潛伏至深，他此番大開大闔鬧上殿前，各方盯緊的勢力必然有所措舉動靜……一如拾娘稍早前的長刀直指庫部司，逼出的又何只一個員外郎？

他在入宮前，已經將那名附耳向姜尚書的小兵形容與玄機，玄機性子跳脫歡快，長年混跡於長安南衙羽林軍、豹騎間，要打聽一個小兵來歷也非難事。

裴行眞深吸了一口氣。

如今，他能部署的都部署下去了，謀事在人，成事在天。

黃內監入殿內後又過了半個時辰，那扇殿門依然緊閉如故，裴行眞彷彿絲毫沒察覺到膝蓋上的陣陣刺麻痛楚，他低下頭，有一絲髮絡被風刮落，狼狽地垂在頰畔。

就在此時，他陡然感覺到熟悉的腳步聲由遠至近，挺拔背脊驀地一僵。

而後，來人在他身邊相同跪下。

「拾娘，妳不該來。」他心一揪疼，喑啞道。

冷豔肅容的拾娘依然一身勁裝胡服，手上卻拎著一件銀狐大氅，為他披上。

「我陪你。」

「眼下還有那麼多待追查的線索都需要妳，妳又何必——」他在夜風中跪得渾身透寒的身軀，驀然感覺到被毛絨絨無邊暖意包裹著，大手摸索著想扯下，將之改披回她身上。「我不冷，妳別凍著了。」

「我是武將。」她手底一翻，攫過銀狐大氅，強硬地將銀狐大氅牢牢罩住他，而後不由分說地拉起領前衣帶打了個紮紮實實的死結。「再與我爭論，信不信我馬上把你扛走？」

他怔怔然，清俊蒼白面龐浮現一抹傻萌的手足無措。

拾娘看他被入夜冷風吹刮得神色隱隱憔悴，心底細細地泛疼，放緩了聲音道：「你我同進退，別想撇開我。」

他安靜了，大手試探地碰觸到了她的手，而後輕輕地俯身過去，額頭溫柔地抵靠著她的額……無須開口，這一刻彼此心中彷彿已互訴過千言萬語。

——好。

拾娘閉上了眼，握著他的手更緊。

他們二人就這樣跪到了明月懸空，空曠廣闊的殿外秋風越發凜冽，拾娘腰桿挺直如紅櫻槍，裴行眞雖然面色蒼白，肩背卻也堅定傲然如雪中勁松。

◆

——殿內，黃內監透著窗櫺探頭探腦，看著相偕跪在殿門前的一雙人影，忍了忍，最終還是猶豫地望向半靠在紫檀雕金榻上，闔眼不知是閉目養神還是睡著了的聖人。

香爐內依舊絲絲縷縷地竄燃著常用的甘甜香味兒，聖人卻有些反常地眉頭緊蹙，沒有了往常的愜意安寧，而是略顯煩躁不安。

他再睜開眼時，眼珠隱約血絲分布。「什麼時辰了？」

「回聖人的話，亥時中了。」

聖人揉了揉眉心。「還在外頭跪著？」

「是，連同卓娘子也一併陪同跪著。」

聖人神色陰鬱了一瞬，彷彿有些被氣笑了。「怎麼？現在一個兩個都要來逼朕？裴相和卓盛如今文武聯姻之勢漸成，大唐的江山可是要劃去一半兒了？」

黃內監從未聽聖人說過如此之重的話，大驚失色，撲通一聲重重跪了下來。

「聖人慎言——」

「你慌什麼？」聖人緩緩坐起，目光幽暗諱莫如深。「還有，朕慎什麼言？難道朕貴為一國之君，心頭所思所想，竟然連說也說不得了？難道他裴家說不得？還是卓家說不得？」

黃內監冷汗涔涔，忙狠狠甩了自己一個嘴巴子「老奴罪該萬死，老奴、老奴不是這個意思……」在寢殿內戍衛的殿前羽林軍，各個眼觀鼻，鼻觀心，挺立得更僵直，而服侍的宮娥內監戰戰兢兢，恨不能隱沒入角落陰影去。

這些都不是他們能聽的啊！

其中兩名宮娥躬肩縮背，頭垂得低低，卻不著痕跡地交換了一個眼神。

「朕素來禮賢下士，厚待忠臣良將，顧念多年君臣情義，就縱出了這樣的局面？」聖人陡然站起身，高大魁梧身軀卻沒來由虛浮踉蹌了一下，他心下驚疑，及時緊緊掐握住了榻邊。

幸而眾人正因他發怒而人心惶惶，不敢抬頭，未發覺他適才那一瞬的異狀。

聖人恢復了面無表情的威儀之態，又緩緩大馬金刀地坐回了榻上，隱晦眼神掩住了深思之色，忽道——

「朕餓了。」

「老奴馬上命人備夜宵來。」黃內監哈腰忙道。

聖人不耐地道：「無須那般麻煩，就進朕慣常用的那味茶果吧！」

「喏。」

很快的，黃內監親自捧來了一匣精緻酥圓的茶果，奉上聖人跟前。

聖人捻起了一枚慢慢咀嚼起來，神色喜怒難辨。

黃內監大氣都不敢喘一聲，見聖人吃完了茶果，又識趣熟練地服侍著進上了一碗茶，直到聖人啜飲後，面色似有些緩和，黃內監才稍稍鬆懈了一絲，忽聽聖人開口——

「叫進吧。」

黃內監近年來是越發摸不著聖人的心思了，瞬間有些迷茫，但還是連忙躬身領命。「喏！」

✦

——而此時此刻，在東市另一端的勝業坊某處。

長安眼下各坊門緊閉，可坊內依然絲竹不絕，觥籌交錯，鶯鶯燕燕嬌豔甜膩的笑聲和男人酒酣耳熱的歡喜調笑聲，交織在初秋的夜裡。

上了年歲後，豔色漸褪卻依然風姿妖嬈的鮑十一娘扭著腰肢，提著牡丹燈籠，嫵嫵媚媚地推開了後堂的一處廂門。

一個素衣女子坐在裡頭，原本雲鬢烏黑的髮絲灰白了一半，梳綰得髮髻齊整，只簪了支銀造的梨花兩股釵，聞聲回頭——

「來了？」

鮑十一娘將牡丹燈籠隨意往長案上一放，眼神複雜地看著素衣女子。「妳不該回長安的。」

前霍王姬妾、霍小玉之母——淨持，面色平靜地道：「我不甘心。」

「妳好不容易離了這腌臢地漩渦圈，做什麼還要自投羅網的攪和進來？」鮑十一娘咬牙切齒，胸口劇烈起伏。「妳嫌命太長了？就不怕小玉在天之靈，為妳心驚膽戰、神魂難安嗎？」

淨持望著她，眼眶隱隱有淚。「十一娘，霍王薨逝的那年，我本該追隨他而去，只是小玉年歲尚小，我捨不得她；但我也不是個好娘親，我懦弱無能，否則也不能眼睜睜看著小玉所遇非人，入了李益那個火坑，最後香消玉殞……可如今，我總要爲他們父女拚上一回。」

鮑十一娘緊握了握拳頭，眞想狠狠甩她一巴掌，好讓她醒神些，諷刺道：「妳以爲單憑妳一人，就能扭轉乾坤，或是改變些什麼嗎？蠢貨！」

現在的長安暗潮湧動，底下是數不盡的刀尖火海，稍有不慎，隨時都會墜落其中被吞噬殆盡……

她鮑十一娘是深陷局裡走不了了，可淨持卻還迫不急待把命塡進來，不是蠢貨是什麼？

「憑我自然不能，」淨持蒼白一笑，目光堅決。「可我手上捏著的東西，卻可以掀了這長安一半的天。」

「什麼東西？」鮑十一娘一驚，疾聲追問。

淨持注視著她，忽然問：「十一娘，我可以相信妳嗎？」

鮑十一娘心下突了突，沒來由地有些不願對上她的眼神，態度隱晦模糊地哼了聲。「愛信不信，我可忙得很，沒空暇與妳在這裡猜謎兒。」

淨持環顧四周，風雅中透著濃濃華麗的擺設，紗窗外影影綽綽，有人守著。這小梨苑，不只陳設變了，怕是連故人也不復舊當年……

「十一娘，妳放心，我知道我自己該怎麼做的，」淨持嘆了口氣。「我只是今日回到長安，忍不住想來探望妳一眼。」

鮑十一娘盯著這昔日一貫美麗卻軟弱的淨持，心中隱隱感覺不對勁。「淨持，妳究竟手持何物？又到底想做什麼？」

淨持輕輕地道：「十一娘妳不必管。」

「我是怕妳做傻事，連累了我！」

「妳什麼都不必知道，」她柔聲道：「不知者無罪，不會連累到妳的。」

「霍王是不是留了什麼給妳？」鮑十一娘目光陡然銳利。「而妳找到了？」

淨持一震，強自鎮定。「不是王爺留給我什麼，是……可十一娘妳為何這麼問？難道王爺應該留下什麼給我嗎？還是，莫非連妳也以為，我知道傳說中的霍王寶藏在哪裡？」

鮑十一娘這才自覺失言，眸底幽光微閃，哼嗤道：「我只是聽妳神神鬼鬼的，關心則亂，多嘴問了一句罷了，妳又何必這般多疑？」

「十一娘，倘若我手握霍王寶藏，這些年來我與小玉又怎會過得那般苦楚？」淨持面露哀傷，反問道：「小玉還能被李益那賊子畜生逼死嗎？」

鮑十一娘清了清喉嚨，不自在地拍了拍撫她的肩頭。「行了行了，我也不是指責妳，只不過我怕妳做傻事，把自己給白白搭進去了。話說回來，妳此番回到長安，到底想幹什麼？妳要報復誰？霍王的那幾個兒子？還是……」

——令霍王府一夜覆滅的眞正凶手，當今聖人？

她瘋了不成？

淨持低下了頭，避開了鮑十一娘灼灼然的視線，含糊地道：「十一娘，別問了，妳便當今夜沒見過我吧！」

鮑十一娘目光驚疑而戒慎，見淨持起身，忙道：「這麼晚了，坊門已關，妳要去哪裡？」

「別擔心，我自有去處。」淨持溫言道。

就在淨持身影消失在角門的剎那，牡丹燈籠幽微光暈隨風跳動下，鮑十一娘隱蔽在陰影裡的側面竟似有些詭異可怖，她無聲無息地跟了上去……

「但願，妳不會壞了主人的大事。」

◆

裴行眞雙膝腫痛麻木，仍然步履溫雅恭謹，一步步走進了大殿，而後再度持手禮敬跪而下。

許是在外頭跪得太久又受寒體虛，初入暖意融融又香氣繚繞的殿內，他竟有一霎的頭昏暈眩，撐在地上的大手緊蜷了蜷。

那香氣，怎地有些熟悉……

拾娘從頭到尾亦步亦趨地緊緊跟著他，憂心目光分毫不移，見狀急急攙扶住了他。

「大人？」

「我沒事，」他搖了搖頭，定了定神，朝上首恭聲道：「臣裴行眞，參見聖人。」

拾娘只得收回了手，也叉手行禮。「末將卓拾娘，參見聖人。」

不若數月前接見二人時的慈愛笑容滿面，今夜的聖人盡顯帝王威嚴，令人望之生畏。只可惜裴行眞目不能視，卓拾娘又是習慣神情面癱……場面倒一時有些僵住了。

聖人瞇起了眼，淡淡道：「六郎眼疾未好，本該安於府中調養，昨夜在刑部鬧個沒完，今日居然還打上兵部了，你二人還未入宮求見，朕龍案上的彈劾折子已堆得小山高。」

裴行眞垂首做乖順聆聽狀。

拾娘也不發一言，未做多做解釋。

「朕念在你們二人辦案心切的份上，尚且不曾問責降罪。可事後不見你們自行請罪，今夜居然還長跪在殿前不起，這是想做什麼？」聖人語氣溫和，卻也有一絲恨鐵不成鋼。「還是覺著朕會心軟，捨不得責罰你們嗎？」

裴行眞抬頭，行叉手禮正聲道：「回聖人，今日確實事出意外、情勢緊迫，臣等不得不先斬後奏，可臣與卓參軍這般做，都是有原因的。」

「無論出自何種原因，三省六部，朝廷自有法度，今日你們卻說闖就闖，規矩想破就破……如今是不是連皇家威儀，都可不當一回事了？」

「請聖人容稟——」

「住口！」聖人倏然暴喝。「裴六郎，你眼裡還有朕這個皇帝嗎？」

這話太重，可謂誅心之至，裴行眞臉上血色褪得一乾二淨，背脊一顫，深深跪伏叩首——

「聖人，六郎不敢！」

拾娘仰望上首的天威難測，默默也跟著跪伏下去，卻始終不言語。因爲她一直在忍，也忍得很辛苦，就是生怕自己行伍之人暴脾氣一上來，會憋不住衝口而出頂撞聖顏。

繁華鼎盛國力強盛的大唐，在如日光輝下依然可見影影綽綽的陰謀暗布、群狼環伺……

假紅綃和其同黨殘忍剝去無辜侍女臉皮，在李郭宗大將軍掩護下遁逃出長安……衡州賦稅的陰陽帳冊，他們拚死讓人送入了長安，六郎還爲此眼傷未癒，有一生失明之危……而朔北異動，不見朝廷調兵遣將有所布置……堂堂庫部司郎中慘遭滅門，溢出軍械去向成謎……

這一切的一切，遞到了聖人跟前皆按下不提，兵部尚書和幾個朝臣唧唧歪歪的彈劾折子送上去，聖人的一雙龍目倒都看得見了？

她打了那麼多年的仗，忍受文官屁話的耐性早已所剩無幾，可心中始終還是忠君愛國，更是對聖人這個縱橫四海，親自在馬背上打天下的英明君王滿心崇敬。

但離得這位高高盤坐在龍椅神龕上的「聖人英主」越近，思及他去歲至今的種種不作爲，她卻越覺氣餒灰心失望……

還有，聖人龍顏大怒，要痛斥她卓拾娘個狗血淋頭也不要緊，但罵到六郎頭上就不行！

六郎對聖人的孺慕之情何其濃厚深重，便是她這般粗蠻遲鈍的性子都感受到了，聖人又怎忍這樣待他的一片眞心赤誠？

拾娘跪伏在地的手漸漸蜷握成了死緊的拳頭。

裴行眞與她心意相通，感覺到一旁的她身形僵硬，氣息森森，戾氣隱隱，不由心中一驚，大手驀地牢牢包握住了她的拳頭。

——不可。

聖人居高臨下，冷眼俯瞰著跪伏在自己面前的二人，目光如電逼視四周，慢慢一個字一個字迸出——

「不敢？朕瞧你們個個都膽大包天敢得很！」

凜凜帝王巨大威壓所到之處，連殿內羽林軍都承受不住齊齊跪了下來，宮娥和內監更是駭怕得瑟瑟發抖。

黃內監背後冷汗直流，內心哀哀叫苦。

往常聖人發火，還能有個裴家六郎來安撫聖心，可此時此刻惹得龍顏盛怒滔天的，偏偏就是裴六郎……

可聖人盯著，他也不敢使眼色讓宮人悄悄溜去速請長孫皇后前來救火，現在只能暗自祈禱在偏殿的楊妃能夠察覺到異狀，來探上一眼了。

只是黃內監怎麼暗暗求菩薩佛祖都沒用，偏殿那頭別說來個人看看，就是外頭颳得獵獵有聲的秋風彷彿都驚畏得靜止了，更襯顯出殿內氛圍的死寂凝重可怕。

「聖人，臣有要事要稟。」裴行眞挺起上身，清雅嗓音此刻透著沙啞疲憊，卻還是堅定朗然，響徹殿內。「請聖人摒退左右。」

黃內監老臉揪成了一團——哎喲我的小祖宗！

「裴行眞！」聖人果然越發勃然大怒，霍地抓過手邊的茶果，狠狠地朝裴行眞擲擊而去。「你竟是把朕的話當耳邊風？是不是非要朕砍了你的腦袋，你才知要謹守分寸？」

雪白酥圓茶果砸在裴行眞胸膛前，軟糯暗紅餡料碎裂而出，散發著甜香，卻將他衣衫糟踐得一塌糊塗。

裴行眞呼吸微微一滯。

拾娘唬地抬頭，冷豔面龐繃得緊緊。「聖人，裴大人沒有錯，且聖人素來有善納諍言的胸襟氣度，爲何今日偏偏不容裴大人稟明來意？」

「拾娘，不可頂撞聖人。」裴行眞臉色煞白，及時攔住她。

聖人氣笑了，「朕雖善納諍言，卻也不是臣子隨隨便便跑到朕跟前，朕就得聽你們狂言妄語……朕再給你們一次機會，現在就退下，該養傷的養傷，該當差的就當差，天大的事，等早朝再說。」

「等不了早朝了。」拾娘再也忍不住劈頭就道。

「大膽！」聖人勃然變色。「來人，將卓拾娘押下去打二十廷杖，先讓她醒一醒神，再來同朕說話。」

裴行眞慌了，臉色蒼白地急道：「聖人，帶頭觸怒聖顏的是臣，卓娘子不過是爲臣抱不平，求聖人莫責她，這二十廷杖該打在臣身上，如此方能懲一醒眾，以儆效尤！」

「不，此事與裴大人無關，末將甘願領此二十廷杖。」拾娘猛然張臂攔護在他身前，心下焦灼如油煎，暗恨自己爲何要情急莽撞至此，非但幫不上六郎的忙，反而生生將他置入險地。

二十廷杖非同小可，他一個文官的身子骨怎麼挨得住？

「聖人——」裴行眞急出了滿頭冷汗。

黃內監見聖人正在火頭上，更加不敢出言相勸，只得眼巴巴地看著。

說來奇怪，聖人素來性情爽朗、寬容豁達，但這大半年來卻突然變得有些左性，一煩躁起來，也經常壓制不住自己的脾氣……

「朕確實該責罰於你。」聖人眼角隱隱赤紅，指著裴行眞道：「你身爲刑部左侍郎，仗著破了幾年懸案，有了幾分功勞，便目中無人，不思爲君王分憂，私心縱容下屬惹事生非，敗壞倫常綱紀，還犬吠到朕面前來了──來人，將裴行眞押入內殿，杖責三十！」

「謝聖人。」裴行眞鬆了一口氣，恭恭敬敬地磕首。

拾娘死死地盯著他如釋重負的清俊面容，眼眶泛紅，用盡渾身力氣才壓抑住想擊潰上前拖押六郎的兩名羽林軍……

她算是看清楚了，聖人故意殺雞儆猴，所以自己不能再衝動，不可再激怒聖人，否則苦的還是六郎。

聖人聽著內殿廷杖擊打，卻不聞人高聲痛喊，不由大怒，霍然起身親自往內殿而入，斥道──

「你們一個個都敢在朕眼皮子底下唬弄朕了？朕就在這裡看著，誰敢留手，與他同罪！」

「喏！喏！」

拾娘拳頭攢握得死緊，深深掐得掌心透血。

✦

天色乍亮，背脊和後臀一片血肉模糊，奄奄一息的裴行真被放在馬車上，鬢髮散亂狼狽，俊美慘白的臉龐側臥在拾娘腿上，氣息微弱得恍若隨時會消失。

拾娘攬著他，緊緊握著他的手，滾燙灼熱眼淚在眼眶打轉，卻咬牙不願墜落。

馬車每顛簸一下，她心臟就猛然一抽緊，手牢牢箍摟著裴行真的身軀，心急地對外頭喝道——

「輕些！」

「喏！」親自趕車的玄符自責不已，猛然摑了自己一巴掌，策動韁繩的動作越發小心，只怕車輪再輾過青石路上的細小碎石，再度顛疼、顛重了大人的傷勢。

裴行真痛得冷汗淋漓，氣若游絲，卻還是勉力地張口安慰她，聲音斷續破碎。

「我……很好……妳，別怕……」

「你別說話，留著元氣。」拾娘呼吸濁重，沙啞輕聲道：「就快到家了，我屋裡有軍中最好的金瘡藥，你會沒事的。」

「別……怕。」他艱難地抬頭想對她擠出一抹笑，拾娘眼淚終究再也忍不住掉了下來。

「我不怕，」她無聲流淚，低低道：「我就是心疼。」

「妳……心疼我，」他雪白卻沾血的嘴唇輕微上揚。「我……便……不疼了……」

「貧嘴。」她語氣試著鬆快，卻掩不住眼底深深的哀傷。

受了三十廷杖，身子又豈會不疼？可更疼的，是他的心吧？

「聖人已……手下留情……了……」

若真要下狠手，不說三十廷杖，宮中陰私手段防不勝防，便是兩三杖就能打得面上不顯，內裡卻骨斷筋折肉爛，叫受杖者瞬息成了廢人。

「我自然聽得出，那廷杖聲是收了力的。」拾娘低道。

裴行眞呼吸一滯。

「聖人不會要你的性命，無論是看在裴相的面上，還是顧念舊日君臣情份，況且當庭杖殺一名刑部左侍郎，暴君這個罵名他就別想摘下來了。」她字字自齒縫中迸出。

裴行眞苦笑。

拾娘想起方才六郎受完廷杖後，被羽林軍像拖死狗般拖回殿上，聖人自內殿而出，冷冰冰地撂下一句話——

朝廷容不下你們這等恃寵而驕、目無君父王法的官員，今日閉門鼓前，給朕滾出長安，無詔不得入京！

她怒火在胸臆間橫衝直撞，緊緊咬住了牙關才勉強壓抑住，沒有赤手空拳就擰斷什麼……

不可弒君，不可弒君！

可在那一瞬間，濃濃的疲憊絕望和無力感也同時湧上心頭。

何謂天威雷霆莫測，何謂皇權重如泰山傾壓而下，使一人、一族、甚至是億億萬萬百姓，縱使拚盡全力也反抗不得。

裴行眞感受到身邊拾娘深深惱恨的憤懣之情，他心一驚，想開口說什麼，可在蟲囓蝕骨的陣陣劇痛下，終究再也撐不住地暈了過去。

「六郎！」拾娘腦中瞬間一片空白，顫抖地伸手慢慢靠近他鼻端下方……

這一剎那，她心中湧現了滔天洶湧的激憤和殺人衝動，瞳眸赤紅如血，如果六郎當眞氣絕身死，她定要今日涉入其中的所有人賠命！

直到……微弱到幾乎感受不到的氣息拂過她冰冷的指間，拾娘胸口處如萬箭穿心般的巨大痛苦這才稍稍和緩了一絲，然而眉頭還是始終緊皺成結，不得舒展……

「玄符，盡快趕回別院！」

「喏！」

第八章

聖人揉著突突刺痛的鬢邊，半晌後睜開眼，目光落在殿上那拖曳劃過的怵目驚心血痕……

血已乾，一如殿內的死寂僵冷凝滯。

就連黃內監腰背也彎得更低了，好似連喘氣都不敢。

「請楊妃來。」他緩緩開口，頭疼難當地啞聲道：「她調的香好，朕多少還能勉強睡上片刻。」

「喏，喏。」黃內監忙領命，親自去請。

「其他人，都退下。」他微微暴躁地擺了擺手。「朕瞧著心煩。」

「喏！」羽林軍和宮娥內監迅速退離。

等楊妃玉手捧著小香爐而來，在經過殿上那些血痕時，不由腳步一頓，素雅容顏掠過一抹驚嚇。

「聖人……」

聖人睜開眼，見是她，迫不及待招手。「愛妃來了，朕頭疼，快來幫朕推拿推拿，朕習慣了妳的手勢，舒坦。」

楊妃嘆了口氣，乖順地將小香爐放在他手邊的小榻案上，那絲絲縷縷甜香濃郁了幾分，卻很快地平撫了聖人體內那莫名的煩燥暴虐。

「妾不是醫士，聖人龍體微恙，還是要請太醫令來號脈開方子調理才好。」楊妃雖是這般叮嚀，還是雙手搓暖了，輕輕地熨貼在他鬢角邊，緩慢重複畫圓按摩。

聖人長長舒出了一口鬱氣，閉上眼感受著心愛妃子指尖為己紓解頭患，語氣含糊道：「太醫令號平安脈時，總叨唸著朕憂心國事過勞，讓朕務必多歇歇，或是打打拳，活絡氣血云云……朕不耐煩聽那些，朕都打了半輩子的仗，落得一身傷病，現在還讓朕活動筋骨，當朕還是青蔥少年十七八嗎？」

楊妃眼神溫柔了下來，似是懷念。「在妾眼中，聖人如今和當年也相差無幾。」聖人雖然閉目養神，聞言也不禁微笑了。「朕還記得當年第一眼看見妳時的情景，妳穿著一身妃色，站在芙蓉花樹下，國色芳華殊麗奪豔……」

楊妃手下一頓，抿了抿唇，而後若無其事地道：「聖人記錯了，當時穿著一身妃色，站在芙蓉花樹下的是蕭皇后。」

聖人霍然睜開眼，深邃鷹眸罕見地閃過一絲愧慚，尷尬地道：「朕當時年少，又是多年前的舊事了，也難怪會記錯……咳，愛妃切莫誤會才是。」

「妾當然不會誤會，您在貞觀四年滅東突厥時，迎回年長的蕭皇后待之以禮，也是尊以長輩故人情誼。」

聖人眼角笑意愉悅。

楊妃輕聲道：「蕭皇后和隋王楊政道當初被東突厥與義成公主脅持，做了『反唐復隋』的旗幟，聖人大度，非但不苛責不薄待，反而好生尊榮安置他們，朝野內外百官萬民都看著呢，誰不讚嘆聖人寬容英明？」

聖人笑得越發合不攏嘴。「難得愛妃會這般哄朕。」

「聖人愛信不信。」素來性情溫婉澹泊的楊妃也難得流露出一點嬌態。

聖人心頭癢癢的，忍不住握住了她柔軟的玉手，揉捏了捏。「有愛妃來，朕現下心裡舒服多了。」

楊妃眼角餘光瞥過地上那血痕，這才敢開口問：「聽說聖人重罰了裴六郎三十廷杖，還喝令他們離開長安，無詔不得回京？」

聖人笑容斂起，有些不悅地道：「妳這是想為他們二人求情？」

「妾不敢。」楊妃收回了手，自懷中取出一小只晶瑩圓潤瓷盒，挖出了丁點淡淡綠玉般的膏體，在掌心搓化了，又按摩起了聖人的太陽穴。「屆時心疼的可不是妾。」

聖人緩緩閉上眼，一臉受用之色，舒坦地輕哼道：「朕心疼什麼？裴六郎和卓拾娘此次膽大包天，逾越了分際……總之，朕不狠狠搓磨一下他們的性子，難道還眼睜睜看著他們繼續破壞法度，胡鬧下去？」

楊妃微笑。「原來聖人此番雷霆出手，為的是保護他們。」

「朕險些給氣死了，愛妃還這般說話？」聖人咕噥，語氣漸漸低微。「況且，不罰他們，豈不寒了兵部諸人之心？」

「可也太重了些。」楊妃輕嘆。「地上血跡騙不了人，若是裴相知道了……」

「裴相爲官多年，不會不知道朕的深意。」聖人淡淡道：「裴家與卓家有結親之意，朕早前看在皇后相勸的份上，也想著君臣之間當信莫疑，且裴相和卓盛行事素有分寸，六郎又是朕從小看大的兒郎，朕樂得成全他姻緣圓滿，可如今再看……六郎莽撞，是被卓家女郎帶壞了。」

「聖人這是偏袒自家孩子，把過錯都推到別人家女郎身上。」楊妃眉頭輕顰。

聖人又有些心煩地擺了擺手。「不談那些，對了，平壽昨日陪妳說說話，妳心裡可好些了？」

楊妃動作一滯，粉頸低垂，輕聲道：「難怪平壽沒來由地忽然進宮求見妾，原來是聖人的意思。」

「平壽往日每月都進宮一回，與妳調香說笑、親近非常，可自從道娘大了以後，她屢屢藉詞忙於女兒教養和府中庶務，鮮少入宮。」聖人搖了搖頭，感慨道：「朕明白，她知妳我有意讓道娘做恪兒的正妃，所以這才生了避諱疏遠之心……可恪兒文武雙全，難道還配不上她家道娘？」

「兒女自有兒女福，」楊妃輕描淡寫地道：「況且眼下恪兒去了安州，山高水遠的，兩個孩子連日久生情的機會都沒有，又談什麼婚嫁？」

「朕還不是想著，平壽自小在妳身邊大的，道娘嫁了恪兒，也是親上加親。」

聖人面上興致勃勃，可隱隱也有試探之意。

楊妃豈能不覺，故此也只是笑笑。「隨緣就是。」

「還說朕寵孩子，妳又何嘗不是？」聖人略鬆了一口氣，打趣道。

「世間事，本就盡力就好，」楊妃喃喃，長長睫毛輕掩目光。「成則運，不成則命。」

「怎麼感嘆起世事來了？」聖人問：「出什麼事了嗎？」

「妾在宮中安享尊榮，有皇后娘娘關照，聖人垂憐，恪兒和愔兒也乖巧孝順，妾能出什麼事？」

聖人深深凝視著她。「當眞？」

「自然。」楊妃心跳得奇快，還是故作鎭定從容地道：「妾那兒小廚房灶上熬有大半夜的羊肉湯，聖人餓不餓？秋意寒涼，妾讓人捏些餺飥同煮，熱熱的喝上一碗暖暖身子可好？」

聖人神情柔和了起來。「好。」

待宮娥捧來，黃內監按慣例用只小銀匙舀了一小口份量，先嚐了後，才恭恭敬敬呈與聖人。

聖人喝了兩口，眼睛一亮。「這羊肉湯鮮，極好，半點兒羶味也無，且這餺飥又滑又韌，卻不純粹只有淡淡麵香，朕嚐著倒像是加了香料？」

「聖人嘴刁，妾自然得精心蒐羅些不同尋常的美味食單來。」楊妃並未刻意討好，可輕淡嗓音裡亦有掩不住的繾綣柔軟。「這揉製餺飥的湯汁是用了豆蔻二枚，高良薑半兩，加水一碗合煮，去了渣子後，和麵揉成……聖人近來脾胃略有些虛，偏您又不愛喝藥，妾問過吳太醫，吃這羊肉餺飥湯對您身子好。」

聖人心下一暖。「妳有心了。」

楊妃但笑不語。

待聖人吃完了羊肉餺飥湯後，鼻端嗅聞著幽幽甘甜薰香，又在楊妃玉手溫柔推拿按揉下，漸漸暈暈然嗜睡起來……

「聖人，您當眞想撮合恪兒和道娘嗎？」楊妃嗓音柔軟。

「嗯？」聖人只覺渾身飄然如臥躺雲端，如夢似幻，口齒含糊。「嗯，撮合……」

「可恪兒在那麼遠的封地，」楊妃聲音更輕了，如泣如訴。「他回不了長安。」

「恪兒……」聖人迷迷糊糊間，心有觸動，似有嘆息。「能回的……只不是現在……朕要顧念……朕的高明……」

高明是太子承乾的小名，聖人即便在夢裡也念念不忘這個心愛的嫡長子。

楊妃諷刺悵然地一笑。

◆

天光大亮，馬車終於回到了裴家別院門口，慶伯已經收到了消息，滿面心急焦灼地和玄機、赤鳶及府醫在大門等候，見馬車停下的剎那，立時撲上前去要親自把人抱下來。

車簾子一掀，只見拾娘揹著昏迷不醒、半身血汙的裴行眞輕緩落地，她冷豔頰邊沾染上了一點血，目光冷戾，彷若殺氣凜凜的玉面羅剎。

「卓娘子──」慶伯在看到自家六郎恍似氣息全無的模樣之時，臉色慘白，險些暈厥。

「他還活著。」她眼眶腥紅，腳下迅捷如風。

慶伯和眾人忙跟了上去。

裴相一身衣著低調樸素，稍早已匆匆趕至別院內，在看到自家孫兒傷情慘況時，饒是多年仕途歷經風浪，早已淬鍊得無比深沉老練……在這一瞬還是不禁老淚縱橫。

隔著一扇屏風，屏風內床榻前，府醫正急忙全力施爲，屏風的另一頭，依然聞得到滿室濃濃血氣……

拾娘有些失魂落魄地佇立在屏風外，往常美麗犀利的眸子此際黯然無光，只有深深的愧疚自責悔恨。

「若不是我太衝動，頂撞了聖人，大人也不必受此劫難。」她心痛得難受，猛地狠狠甩了自己一記耳光。

「阿妹！」赤鳶大驚。

「拾娘不可！」裴相也急忙要阻攔，可拾娘下手又快又重，臉頰已高高紅腫脹起。

拾娘隨即抱拳行軍禮，單膝重重跪在裴相面前。「此事全因我而起，卓拾娘在此全聽憑裴相處置。」

赤鳶情急地衝上前一步，卻被拾娘一記眼神逼停住。

裴相顧不得以袖拭淚，忙彎下腰想親自攙扶起拾娘，可拾娘乃習武之人，她不願起，裴相又如何勉強得了？

她沉默不語，執拗地只等裴相懲戒。

「唉，」裴相只得溫聲寬慰。「孩子，雷霆雨露皆是君恩，這又如何能怪妳？」

裴相嘆道：「如今六郎傷得那般重，聖人口諭又要你們二人今日閉門鼓前出長安，妳若不能好好保全自己，又如何照顧得了六郎？」

拾娘一呆，仰頭望向裴相。

裴相老臉慈愛如故，全無半點苛責之色。「好孩子，起來，陪翁翁在一旁坐著等府醫好好醫治六郎，妳也同翁翁說說，究竟發生什麼事了？」

拾娘只得起身，遲疑地被裴相催促著坐下，欲言又止……有些許顧忌地望了屏風後一眼。

「放心，在這屋子內，都是可信重的自己人。」

「是。」拾娘深吸了一口氣，低聲語詞簡練地將前因後果說了清楚。

裴相聽完後，默然思忖半晌，而後道：「翁翁明白了。」

「裴相，所以是我連累了裴大人。」她眼神落寞悔愧，也堅定道：「裴大人和我一同被驅逐出京，聖人說無詔不可回，我聽說裴大人父母都在外地就任，拾娘回蒲州前，必定安全將裴大人送至——」

「拾娘可是嫌棄六郎了？」

「自然不是！」她一急。

「那等六郎清醒了後，便問問他的意願。」裴相撫鬚，笑嘆。「我那孫兒雖然看似清風朗月俗事不掛於心，可一旦上了心的，就會緊緊抓住，不離不棄。」

「裴相……」她心頭有些暖，卻也忐忑。「大人跟我走，您放心嗎？」

「長安已成是非之地，你們走遠些，翁翁才放心。」

拾娘臉色微微變了，擔憂地道：「裴相，雖說如今局勢如大霧迷途遮目，尚不十分明朗，可我能確定的是，眼下危機四伏，您——」

「翁翁以文臣之身，當年能在秦王的天策府內，陪著聖人一路闖將過來，自然也不是吃素的。」裴相笑道：「好孩子，不怕，妳只管出長安時把六郎帶上。」

「可是……」

「即使出遠門也不能虧待自己，翁翁讓慶伯多給你們備上些金銀還有上好的傷藥補品。」裴相精神起來，連聲喚慶伯。

慶伯依依不捨地從六郎床邊離開，在聽了裴相的話後，二話不說就點頭如搗蒜——

「老奴知道，老奴這就來去準備，而且秋日轉眼就入冬了，貂裘狐氅也要通通帶上，還有丸藥什麼的……」

「拾娘，妳和赤鳶娘子都隨慶伯過去看看吧，畢竟是你們出行路上要攜帶的，仔細為好。」裴相道。

拾娘勉強收回了憂心望著屏風那頭的視線，心知有府醫在，六郎的傷必然能獲得最好的醫治，自己在這裡也不過是白白熬著等候，不如也趕緊些回房收拾行囊，並且把所有軍中傷藥祕藥等瓶瓶罐罐都帶上，六郎隨時能用。

還有，也得通知馬叔馬嬸一同離京，當眞是時間緊迫，耽擱不得了。

「是！拾娘聽裴相的。」她一定神，抱拳起身。

「叫翁翁。」裴相慈藹地看著她，面露期盼。

拾娘猶豫了一下。「翁翁。」

「好，好。」裴相老懷大暢，眉宇間焦慮愁緒去了大半。「好孩子，翁翁就把六郎託付與妳了。」

「翁翁放心，拾娘一定護好六郎。」她鄭重允諾。「誰再敢動他，就先從我的屍體上踏過去！」

裴相感動之餘又不免聽得心驚膽戰，忙道：「拾娘也得好好兒的，你們誰都不能有事，明白嗎？」

「明白。」

裴相見拾娘和赤鳶隨慶伯離去前，還不忘細心關上房門，不禁撫了撫蒼鬚，露出一抹欣慰的微笑。

就在此時，府醫繞出屏風，恭敬道：「主子，小主君有話要同您說。」

「都傷成這樣了，還要勞甚心神？」裴相心疼萬分，叨叨著還是趕忙到孫兒床邊。

府醫已用藥湯爲他清洗過血汙淋漓的傷口，還細細地塗抹上了用龍骨、淨乳香和王不留行等珍貴製成的金瘡祕藥，只是新傷不能覆蓋布料，以通風爲好，所以暫時暴露於外……

裴相在看到孫兒背脊和臀上的傷勢時，陡然一震。

「翁翁……」裴行眞已經醒過來了，蒼白無血色的清俊臉上極力地擠出了一抹笑來。

「你可嚇死翁翁了。」裴相鼻頭一酸，氣唬唬低罵道：「情勢再急也不能劍走偏鋒，聖人少一個臣子無妨，裴家沒你，天都能塌了，你自幼聰慧沉穩，怎麼年歲越長，越捺不住性子？」

裴行眞睫毛顫動了一下，輕聲安慰道：「翁翁，我……沒事，聖人……留手了。」

「哼。」

裴行眞勉強想撐起身，邊艱難地挪動著手，試圖在胸前衣衫摳刮下什麼，驚得裴相又是好一陣著急，忙摁住他低斥——

「不好好養傷，還折騰什麼？」

裴行眞累得滿頭冷汗涔涔，伸出指尖露出上頭一丁點已然乾涸的暗紅之物。

「翁翁……棗糰子……」

裴相一愣，不解道：「你餓了？想吃棗糰子？」

「不，」他喘了口氣，忍過了方才背脊和臀上傷勢因筋肉牽扯之時，又劇烈襲來的巨大痛苦，斷斷續續道：「先有小玉虎……後，後有棗糰子……聖人，這是讓我信……信他。」

裴相頓了頓，睿智老辣的蒼眸有一絲幽光閃過。「你的意思是，聖人對你示以暗號？」

「還有，調香……」裴行眞聲音虛弱，越發低微幾不可聞。「是豆蔻香……翁翁，您附耳過、過來……」

裴相面色凝重了起來，湊近過去。

「我發現——」

✦

拾娘正迅速收拾著東西，忽然慶伯在房門外敲門——

「卓娘子，快來，有個小娘子說與妳是舊識，要妳千萬見上一面！」

「舊識？」她蹙眉，還是三兩步打開了門，看見來人的剎那不由詫異。「妳是小玉娘子身邊的女婢浣紗，妳不是去歲便與淨持娘子離開長安了？」

嬌小的浣紗面色蒼白如紙，渾身發抖幾乎站不住，卻依然死死地摀住胸襟處，在見著拾娘的瞬間，淚流滿面，顫著手掏出了折疊得妥妥貼貼的烏絲濶綢，塞到拾娘手心裡。

「怎麼給我這烏絲瀾綢？是淨持娘子的意思？」指掌內握著的瀾綢柔軟如絲、清涼沁肌，拾娘卻覺心頭隱隱灼燥，似有不祥之兆。「她人呢？」

「卓娘子，我家主子……」浣紗哽咽。「她不在了。」

「到底發生什麼事了？」拾娘一凜，沉聲有力道。

「我與娘子本已回了南方，可有一日娘子在涓滌時，不小心誤碰倒了醋瓶子，傾倒在烏絲瀾綢上，意外發現醋汁潑濺之處，隱隱浮有字跡，」浣紗聲音發顫，努力將來龍去脈說明白。「娘子索性咬牙用醋汁將瀾綢浸了個遍，驚覺角落處藏著一份密密麻麻的名單。」

她大震，迅速抖落開手中那烏絲瀾綢，才發現原本三尺長的烏絲瀾綢被裁去了大半，上面果然用特殊繡線繡著一個又一個人名。

有些是她知曉的，有些則是她眼生的……卻看得她怵目驚心。

「妳主子可有說，這份名單與什麼有關？」她追問。

「娘子只猜測，或許這份名單和當年王爺……」浣紗不敢直接提那兩個字。

「那事有關。」

——霍王謀逆？

「事關重大，我需得馬上把這份名單交給裴大人。」她腳步倏地一頓。「等等，那妳家娘子爲何不在了？可是妳們回長安途中，有人追殺？」

「不，我們低調回到長安，一路上都沒有什麼意外，」浣紗眼圈又紅了，嗚咽道：「娘子本想直接尋兩位大人，將烏絲濫綢之祕告知，當初是兩位大人爲我家小玉娘子討回公道的，娘子信得過。」

「可是妳們來過，我與裴大人卻不在？」拾娘心下掠過一絲抽疼的自責。

浣紗搖頭。「我們入長安時，已近閉門鼓時分，娘子說要先去見鮑十一娘，讓奴先在坊外一處荒涼敗落隱蔽的小道觀等她，娘子本是貼身帶著烏絲濫綢的，臨行前又躊躇了，說勝業坊鮑十一娘處魚龍混雜，便讓奴收著這濫綢。」

「後來呢？」拾娘眼神敏銳，直覺反應。「淨持娘子一去無回？」

浣紗淚流滿面。「淨持娘子回了，卻是後背心中刀，已經只剩一口氣，她是爬回小道觀的……淨持娘子催促奴快跑，一定要把烏絲瀾綢送到您與裴大人手裡，斷氣前還讓奴千萬小心鮑十一娘。」

「她現在人呢？還在小道觀？」

「是。」浣紗抽噎道：「奴不想將娘子孤零零地留在那兒，可奴怕如果殺娘子的人追來了，奴就沒有辦法完成主子的託付——無論這瀾綢上繡的人名都有誰，與何事有關，都要到殺人滅口的地步了，肯定極其重要！」

拾娘緊緊攢握著這烏絲瀾綢，深吸了一口氣。「我馬上讓赤鳶與妳同去小道觀，無論如何都要先爲淨持娘子收屍，驗明她身上的致命傷，找出凶手，也好讓妳爲她安葬。」

「多謝卓娘子，多謝卓娘子。」浣紗跪下來連連磕頭。

她忙扶起了浣紗。「妳忠心爲主，完成了淨持娘子的交託，還將如此重要的證據送到我手中，是我要感謝妳才對。」

浣紗流著淚，拚命搖頭。「是奴沒護好娘子……若當時奴攔下娘子就好了，倘若那時我們直接來找兩位大人就好了。」

拾娘神色傷感，輕聲寬慰道：「不必如此想，世事本就無常，誰也沒有未卜先知之能。」

譬如今日種種，她自己又何嘗不懊悔自責？可後悔是世上最無用的心緒，也改變不了任何事，唯有主動地進攻進攻再進攻，方能破局，阻止局勢擴大裂解，不讓悲劇再度重演！

「鮑十一娘那裡，我也會派人去查。」她目光冷然。

✦

當拾娘將這份烏絲瀾綢名單遞到裴相和裴行眞面前時，裴相先是一驚，而後破天荒激動地攫了過去……

「這是，當年秦王府內其中一些謀士和武將，怎會繡在這上頭？」

本來疼痛得倦極的裴行眞也掙扎著半起身，探看著絲絲縷縷並排齊整的名字，倏然瞪大了眼。

「這便是霍王當年留給霍小玉的烏絲瀾綢。」拾娘道。

祖孫兩人迅速對視了一眼，心下越發湧現驚滔駭浪。

拾娘看著雙眼未曾縛上黑綢紗帶，目光炯炯的裴行眞，忽覺哪裡不對……下一瞬，她衝口而出——

「你的眼睛？」

裴行眞一僵，黑白分明清澈深邃的眸子閃過了惶然心虛之色。

只這一眼，拾娘頓時了然於胸，緊抿唇瓣。

「你騙我。」

裴相心中暗暗叫苦，老臉有些羞愧得火辣辣，雖然也很想趁機站到拾娘這邊，罵兩句——都是六郎胡鬧——但看著孫兒已經一身傷了，自己這翁翁也不好再落井下石。

裴相只得清了清喉嚨道：「咳，拾娘，妳聽翁翁跟妳狡辯，咳，是解釋啊……」

「對，勞……翁翁……解釋……」裴行眞「事跡敗露」，見拾娘面色都變了，霎時心慌意亂至極，清俊蒼白臉龐面帶著可憐巴巴的祈諒之色，直直望著拾娘。

拾娘此刻胸口酸澀、驚喜、憤怒和心寒等等萬千滋味雜沓而來，可她久歷戰場多年，越是盛怒，人就越冷靜。

她很快把所有眞實心緒全數壓制回了深處，淡聲道：「裴相不必解釋，拾娘明白，裴卓兩家文武親近，放在聖人和朝中人眼裡，都非樂見之事，尤其我與裴大人去歲至今辦的案子多與朝局息息相關，裴大人此時眼傷，也是示敵以弱……我懂。」

裴相滿腔想好聲軟氣解釋的話，全都堵在了喉間，只得訕訕然笑。「拾娘聰慧過人，果然通透。」

可深知拾娘心性的裴行眞，聽著她一口一個「裴大人」，便連方才已經改口了的「翁翁」，都以「裴相」相稱，他心中驚駭焦灼如刀絞……顧不得渾身杖傷痛得發抖，霍地一鼓作氣爬將起來，背脊傷口剎那迸裂鮮血淋漓，伸手就要牽握住她的手。

他卻握了個空！

拾娘靜靜後退一步，不近不遠，卻是讓他縱使再如何傾身相前，也無法觸及。

「拾娘！」裴行眞沙啞嗓音驚惶而無依。

「大人保重。」拾娘面無表情，平靜地道。

裴行眞眼眶紅了，淚光瀅然。

裴相這下也察覺到不對了。「拾娘，好孩子，妳聽翁翁說……」

「裴相，我都明白。」她打斷了裴相的話，冷豔臉龐除了血色全無，神情淡定如常。「如今大事當前，我們沒有耽擱時辰的餘地，這份名單究竟指向爲何，又究竟得把這份名單眞正交予誰，還請裴相做決斷。」

「唉……」裴相嘆息，蒼眉浮上愁鬱。「當真是多事之秋。」

就在此時，一臉怒氣卻努力忍著的慶伯出現在房門口，稟報道——

「主子，外頭右武侯衛敲門，說奉命來『護送』六郎和卓娘子出城。」

裴相冷笑了。「右武侯衛是李郭宗麾下轄管，李郭宗這是看裴家失勢，趁機踩上一腳嗎？虧老夫在朝上還一力贊成朔北不減兵員，李郭宗就是這麼報答老夫的？」

「姜尚書……是他的人，軍械，也脫不了……干係……」裴行眞聲音嘶啞低微，雙眸卻始終癡癡地凝望著拾娘，在看到她目光不再與自己交觸時，眸光黯然了下來。

裴相轉頭向他們兩人。「你們放心出長安，去做你們該做的事，這份烏絲瀾綢名單，翁翁知道該怎麼辦。」

「翁翁，千萬……當心。」裴行眞渾然不覺自己背後臀上鮮血又沁透、沖刷散了金瘡藥，一片血汗淋漓。

裴相幾時見自家清俊文雅的孫兒這般傷痛狼狽過，他老眼淚光閃動，祈求地望向拾娘。

雖然未曾說隻字片語，卻還是相同滿滿的託負之意。

拾娘點了點頭。

「阿慶。」裴相忽然喚道。

「老奴在。」慶伯彎了的腰背倏地挺直，抱拳。

「隨我入宮，刀山血海，咱們兄弟再闖上一遭！」

「喏！」

拾娘心神陡震，本能想向裴行真尋求徵詢，卻還是硬生生地忍住。

裴行眞眼中傷色更深了。

第九章

臨行，別院馬房前

「阿妹，我不留。」赤鳶腳步穩穩地釘在拾娘面前，堅決而執拗。「長安這些狗屁倒灶的事，與我無關，我是卓家軍，是妳的死衛。」

「若大唐無端動盪，卓家軍又怎能不捲入其中？」她道：「卓家軍保家衛國乃是天職，可絕不該是爲了某些人的私慾和野心而被迫上戰場，尤其刀劍相向，對上的不是外敵，而是唐軍……我希望阿姊留在長安，助裴相、解謎團，就是希望止局勢，莫險惡敗壞到遍地烽火境地。」

赤鳶握緊手中長弓，豔麗冰冷面龐透著掙扎之色。

「阿姊，只有妳在，我方能放心。」拾娘眼底隱有沉痛愧疚，低聲道：「但，萬一局勢當眞不可收拾了，妳務必先保全自己，大唐至今已殞落了太多忠臣良將，卓家軍是唐軍，不怕死在戰場上，但妳是我的人——我要妳活著。」

「阿妹……」赤鳶眼眶赤紅。「眼下，當眞險況至此？」

「我雖不知聖人爲何處處遮掩衡州帳冊、戴郎中滅門，和軍械有失等情事，今日更暴怒不惜杖責裴大人，將我二人驅趕出長安，其中背後深意，是眞是假……我看不透。」拾娘愼重道：「但我與裴大人出長安已是鐵打的事實，或許跳出了這一局外，反而能看得更清楚。」

「阿妹，我聽妳的。」赤鳶啞聲道：「那紅線那兒？」

「我自有安排。」

「喏。」赤鳶領命，退開，不再阻擋她與紅棗。

「還有，要先勞阿姊陪同浣紗去小道觀，將淨持娘子屍身安然帶回別院，浣紗眼下暫時安置在別院，或也可保她性命。」

「不通報刑部？」

「長安坊間命案屍首歸屬萬年縣或長安縣所管，只是因爲我與裴大人在刑部，所經手之案件才將受害之人送至刑部驗屍勘查，」拾娘搖了搖頭。「如今刑部……劉尚書恐怕心有餘而力不足，況且刑部早非固若金湯，淨持娘子屍身一去，只怕也無個下場。」

「這長安，當眞是——」赤鳶本想低咒罵髒話來著，終究還是吞了回去。

「接回淨持娘子，順道把鮑十一娘也給捆回來，用軍中手段審問。」她目光銳利。「必要之時行必要之法，縱使她與淨持和霍小玉有故舊情誼，可淨持是在勝業坊出的事，臨終前還叮囑浣紗千萬要小心鮑十一娘……鮑十一娘脫不了干係。」

如果時辰還來得及，她也想親手撬開此人的嘴，循線追查個清楚明白……只可惜右武侯衛虎視眈眈在別院大門和小門守著，說是「護送」，誰不知是「押送」？

「阿妹放心，我一撬開她的嘴，馬上讓『奔霄』給你們送書過去。」

一提到裴行眞精心調教的鷹寵「奔霄」，拾娘抿了抿唇，眼神複雜。「……好。」

她不欲與赤鳶解釋太多，只因等他們一出長安，或許立時就分道揚鑣了。「奔霄」送信，自然是送到他裴行眞手上。

「阿妹，玄機玄符也一路護隨嗎？」赤鳶問。

拾娘猶豫了一下。「我不確定，裴大人是否對二人另有安排。」

聖人這一著打得他們措手不及，又急如星火催命般地驅趕著他們離京，好似她與裴行眞是喉中刺、眼中釘一般。

「如果有他們護隨，我也可安心一二。」

拾娘低眸，喃喃：「求人不如求己。」

✦

靈州　城鎮

一隊隊駐邊府兵訓練有素地提著一箱箱軍需，開始在各執哨處換防。

商隊來往絡繹不絕，秋日朔北已然寒氣籠罩，四處可見駱駝鬃毛上沾著點點白霜，呼出白霧陣陣……

打鐵的高大黝黑漢子直起了身，摩娑著一只磨得光可鑑人的鐵鍋，光線曲折映照，清晰可見斜對角那處隱密崗哨。

其中一名府兵站立遮掩，另一名則背過身，蹲下來悄悄將箱中物事取出，藏置妥當，而後在上頭蓋上了暗色軍氈，隨即起身和身旁同僚交換了一個眼神，微微頷首。

高大黝黑漢子手中鐵鍋略微挪移了個刁鑽的角度，繼之折射而來的是內城牆一線相鄰，約莫五十步外的另一個崗哨。

那崗哨的兩名府兵也做出一模一樣的舉動，隱晦，熟練，彷彿他們早就這般練習過無數回。

——那究竟是何物？

高大黝黑漢子默默放下了鐵鍋，又拿起了一柄尚未打造完成的草叉，彎腰鍾鍊起來。

在鏗鏗鏘鏘不絕於耳的鐵器擊打聲中，嬌豔嫵媚的洪娘子在女婢陪同下款款經過了打鐵舖……她倏地停下腳步，若有所覺地望向那個躬著身子，一下一下上下振臂敲擊的背影。

「娘子，怎麼了？」女婢疑惑。

她直直盯著那黝黑背影，有一剎那的恍惚。

「娘子？」

「嗯？」她回過神來，蹙眉道：「什麼事？」

「娘子可是看到什麼熟識的人了？」女婢問，跟著左右張望。

「沒有。」她自失一笑，重複道：「沒有……我們走吧，湯食快涼了。」

「是呀，主君還在等著您爲他送午食，」女婢笑意盈盈。「主君最喜歡娘子親手爲他做的菜餚了，每每都吃不厭呢！」

「偏妳貧嘴。」洪娘子嬌嗔睨了她一眼，邁開步子便走。「走吧！」

「喏。」女婢提著食盒，笑嘻嘻地跟上了。

洪娘子沒有發現當她們主僕走向盡頭處的衙門班房時，那個蒙著汗巾以避焠鐵熱焰高溫的高大黝黑漢子，緩緩拉下了汗巾，目光複雜隱痛地注視著她離去的方向。

就在此時，一隻雪鴿不知何時飛了進來，落在他黝黑油亮裸露的肩臂上，朝他抬了抬爪子，露出上頭繫著的小銀罐兒。

高大黝黑漢子眼神溫柔了，安撫地摸了摸雪鴿的腦袋，而後小心翼翼取下那截小銀罐兒，食指放在其中一處雕刻花紋上，用力一摁。

小銀罐兒機關開啓，滾出了一卷柔軟羊皮紙。

他展開了羊皮紙，在看清裡頭所書內容時，濃眉虯然成結，面色凝重，內心天人交戰，終究還是取出了一截小炭條，在羊皮紙那龍飛鳳舞的字後頭，鄭重地寫下——

如君所料。

他重新捲起了那羊皮紙，塞回了小銀罐兒，繫回了正在梳理羽毛的雪鴿腳上，不忘餵了雪鴿幾枚松果子。

「辛苦了。」他低道。

雪鴿歪了歪頭，嘀啾了一聲，振翅而起，瞬息間已然不見。

高大黝黑漢子眉宇間隱隱憂傷。

✦

而另一端的衙門班房內，洪娘子笑容嬌甜地將食盒蓋打開，取出了一只陶製砂鍋溫煨著的雞湯，玉手姿態漂亮地捧著小碗，持湯瓢為他添滿滿燉得肉香軟爛、飄散著淡淡藥材香氣的雞湯。

「阿郎喝點兒暖暖身。」

霍長史滿眼溫柔地看著她的動作，只覺自己像是在美夢中，這夫妻恩愛情深繾綣，儘管過一日就少一日……可他已心滿意足矣。

「阿郎不喝雞湯，淨看妾做甚？」洪娘子注意到班房裡外有衙役閒人來來去去，將湯碗捧到他面前，微微一笑。「入秋晝短，長夜漫漫，這大半個月還有得熬的，阿郎吃飽喝暖，才有力氣當差。」

霍長史接過了洪娘子手上的碗，指尖不知有意還是無意地碰著了她的指尖，洪娘子手迅速一縮，面上笑意依舊在，眼底卻已是浮上警告之色。

「我，都聽娘子的。」霍長史端著那碗雞湯，湯還熱著，煙氣裊裊，隱約薰霧了他眼前視線。

洪娘子微笑，側首對女婢道：「主君衣衫有些髒了，我幫主君理一理，妳去關門在外頭守著。」

「喏。」女婢高高興興地出去，果然細心地將門關好。

「娘子——」霍長史臉有些紅了。

洪娘子神情冷漠。「霍正，做好你的差事，若分心致使任務有失，莫忘了你霍家滿門現在都拿捏在誰手上？」

霍長史面上紅暈霎時轉爲蒼白。「正，明白。」

「我能讓霍家在朔北站穩腳步，落地生根，也能將小小霍家一夜間連根拔起。」洪娘子盯視著他。「別以爲族中有人搭上了李郭宗，就能與我相抗衡，若惹惱了我，兩方結盟也不是不能撕毀……我與李郭宗都還能各有抉擇餘地，你們霍家呢？」

霍長史面上苦澀更深。「霍家決計不敢。」

洪娘子忽然抬起手，雪白細嫩指尖緩緩在他肩膀上劃過，似笑非笑地傾身靠向他——

「若你能成功完成任務，我也絕不會虧待功臣，到時候功名利祿、財寶錦帛，數不清的牛羊和美人，我都能給你。」

霍長史目光有些哀傷地看著她。「可，霍正想要的……此生終不可得。」

洪娘子鴉羽般的美麗睫毛顫動了一下，猛地退開距離，神情木然地道：「妾該走了。」

霍長史起身，「我送妳。」

「不必。」她毫不留戀地走向門口，腳步不停，也不回首。「只管做你該做的。」

霍長史悵然地望著洪娘子與女婢遠去，他低頭看著桌案上已經漸漸涼了的，凝結白色油花的雞湯。

「……我不會讓妳失望的。」

而女婢小碎步急急跟上洪娘子，有些擔憂不安地問：「娘子，您慢些兒走，當心跌了。」

「慢不得，」她仰望著遠處黃沙席捲而起，被漸漸遮蔽的天空。「起風了。」

✦

閉門鼓敲響前的一刻，裴行眞和卓拾娘一行人在右武侯衛騎兵的監視下，出了長安。

馬車裡，裴行眞又重新被上了一次藥，只不過這次是玄符入內粗手笨腳地爲他上藥，趕馬車的是馬叔。

馬嬸騎著馬跟在拾娘的紅棗馬兒身側，有些擔心地看了眼馬車，又看向自家娘子，試探地問——

「吵架了？」

拾娘目光清洌嚴肅。「馬嬸，我只是覺得對長安的一切生厭。」

馬嬸在離開別院前被急吼吼的慶伯逮住，偷偷說了兩句緣由，顯是希望她在拾娘跟前幫自家六郎說說話。

「裴大人瞞著您，是他不對。」馬嬸當然是維護自家小主子的，只是見小主子心緒不佳，眉宇間鬱色氤氳，不由心疼地開解道：「可裴大人想來是有苦衷的。」

「我知他有苦衷，也知他爲何隱瞞眼傷已痊癒，因他覺著此事少一人知道，便少一分洩密可能，且因我性情魯直，怕我動靜反應間，掩飾不住眞僞。」拾娘策動韁繩，英挺身形綳緊在馬背上如槍似劍，鋒利無匹。「——他就是不信我。」

拾娘深知自己自幼就是這個性子，對於越重視的人與事越較眞，所謂柔則長存，剛過易折，傷人也自傷。

昨日至今經歷了心緒大起大落，局勢大好大壞，她本就對於長安和朝廷朋黨爭權勢鬥爭心生厭煩，聖人不由分說的那三十杖，也打斷了她對於九重天上這位萬民仰望之人的崇敬希冀。

發現裴行眞佯裝目盲，卻是壓斷她心弦上的最後一擊！

於長安這些習慣了使心眼子，一句話能有百八十個轉折的官員而言，只要能達到目的，用什麼手段都可以，是眞是假又如何？

「原來，他也是一樣的。」拾娘心中有說不出的倦怠，寂寥而平靜道：「並非矯情，也無關對錯，只不過適才發現他目盲是假的那一瞬，我方知，我與他，原來並非同道中人。」

馬嬸心頭酸楚，憐惜地望著自家小主子。

「他今日覺著是爲我著想，故此隱瞞我眼傷之事，他日，又休知他不會再爲了旁的理由，一再瞞我？」拾娘低語：「日復一日，事復一事，做慣了的，便不覺有何不妥，我如何想，也不重要了。」

她不怪他，自小長成環境不同，他在高門士族和皇宮中受禮教權謀薰陶，他言行舉止所思所爲，自有其大道而行。

可她在軍營裡長大，在戰場中成長，運籌帷幄者自有軍師和主帥，她是一員猛將，直來直往大開大闔，敵人在何方，就是她刀劍之所向。

他們……不一樣。

馬嬸萬萬沒想到向來性情耿直又豁達的小主子，竟然也在去歲入了長安後，不到一年就嚐到了這般心頭百轉千迴的煎熬滋味，忍不住眼眶含淚，安慰道：「老奴明白您的意思了，既如此，待出了十里亭後，我們與他裴家各走各的便是。老奴和當家的陪您回蒲州，至於裴大人，理他呢！」

拾娘搖了搖頭。「我答應過裴相，安然護送他一程，稍後待我問詢過他之，便知去向如何。」

馬車內的裴行眞雖非習武之身，卻自幼五感靈識敏銳，隱約斷續隨風飄散而入的隻字片語，還是聽得他心如刀割，慌亂苦痛難抑……

原來如此，原來如此。

是他機詐巧辯、算計太過，聰明反被聰明誤，自以爲將權術和人心都摸得透徹，走一步看三步甚至想十步，便能處處料敵機先。

但他卻把這用在了拾娘身上……無怪她會覺心寒。

玄符正在向他稟報飛隼傳訊查詢得來的消息。「——大人，我們在靈州的人漏夜暗中查過常氏的籍戶，發現確有常氏此人，但她原是胡城人，貞觀四年才遷居至靈州八月方遷居至靈州。」

「胡城？」裴行眞心頭大震，自言自語道：「又是……胡城。」

「大人，您說的胡城，就是距離靈州七十里開外，於貞觀四年城中勾結東突厥逆反，被李郭宗大將軍率軍殲滅平定的那座胡城？」玄符心中一動。

「是……」裴行眞回想。「貞觀四年……前有李衛公陰山之戰……擊敗東突厥，俘虜頡利……可汗，後有李郭宗……大將軍九月定胡城……」

常氏這般巧？九月胡城戰火爆發，一夜城滅，她八月就遷出胡城到靈州？

難道她早知戰事要起，胡城不保？看來常氏效忠之人若非安僧扎，就是李郭宗。

軍中最擅長在各城中設藏細作，可以是販夫走卒，也能是六旬老漢，更可能是婦孺，抑或街邊最不起眼的乞兒。

玄符點了點頭，接續道：「東突厥之亂始平，聖人厚待頡利可汗及其兒女，在長安許以高官厚祿，先封頡利可汗爲右衛大將軍，後可汗薨逝，朝廷追封歸義王。」

他的好弟兄玄機，便是頡利可汗的親外孫。

「我昔日看過……地方舊年卷宗……」裴行眞說幾句就要停下來喘口氣。

「大人，您先歇會。」玄符不忍地道：「此案既已移交大理寺，大人也不必在此時耗費心神解謎團。」

「不，玄符，我們……往靈州……方向去。」他竭力打起精神，頓了一頓道：「讓我再、再服用三枚……培元麻沸丹。」

「大人，不可，培元麻沸丹雖有短時間提振心神精氣止痛之效，卻也傷身。」玄符眉頭緊皺，想也不想斷然拒絕。「恕屬下這次不能聽您的。」

「那你便同玄機……一樣留、留在……長安。」他清眸乍起厲色。「不許隨行！」

「大人——」

「玄符，聽我的。」他死命咬牙撐過又一陣劇痛，眼神轉為憂傷求懇。「我現在……不能猶如廢物……什麼都……做不得……連話……都無力，無力說清……」

玄符欲言又止，終究還是自懷中取出了小玉瓶，猶豫了一下，倒出了三枚火紅似血的培元麻沸丹，餵裴行眞服下。

裴行眞喘息調養了會兒，只覺從肚腹中熱辣辣地灼燒了起來，熱意滲透到四肢百骸，漸漸地那劇痛難當的傷處也不覺疼了。

「去請卓娘子來。」他慢慢擦拭掉額上的冷汗，努力半撐著起來，斜靠在車廂牆邊。

「喏。」玄符嘆氣。

✦

勝業坊　小梨苑

鮑十一娘心神不寧地不斷盥洗著雙手，洗了一回又一回，直到白嫩雙手洗得紅腫快褪皮了，才頹然地掀翻了金盆。

水聲稀哩嘩啦潑濺了一地，伴隨著金盆巨響，可愣是沒人敢探頭入內。

「是妳逼我的，都是妳逼我的。」鮑十一娘深深吸氣，閉上了眼，突然發出了一聲刺耳的哼笑。

本來煙花脂粉之地，哪裡有眞情在？

能勉強維持那幾分淡薄的情義，幫扶上一把，也不過是因爲未曾損及自身利益罷了。

「淨持，反正妳也活夠了，由我親手送妳去見小玉，也是助妳母女在九泉之下團圓，更是全了昔日姊妹情份。」鮑十一娘自說自話，面色病態地赤紅，渾然不覺自己雙手還在抖。「今日，不是妳死就是我死，可妳活膩了，我還沒活夠呢！」

只可惜在坊裡暗巷中慌張太過，自己捅了淨持一刀，確定其鼻下沒有氣息後，翻遍了淨持全身，也找不到她宣稱的，能掀了長安一半天的，究竟是何物？

鮑十一娘緊張地搗著額頭，只覺頭疼難忍。

究竟該否將淨持一事報與主人？

不不不，她若上報，主子卻要追究她爲何未將那物拿到手，又該當如何？

她心亂如麻，喃喃。「那便當作此事不曾發生過罷，多一事不如少一事，反正、反正淨持已死，也翻不了天了……」

鮑十一娘好不容易說服了自己，斟了碗茶剛剛放到嘴邊，又突地想起——

「糟了，淨持雖死，可還有一個浣紗呢！」

那物不在淨持身上，那必定是與她主僕相依的女婢浣紗拿著了，她怎麼給忘了？

鮑十一娘匆匆放下茶碗，此刻再也顧不得囫圇搪塞過去，正要高聲喚人，後頸剎那間一痛，她暈了過去。

赤鳶悄無聲息地將鮑十一娘倒扛在肩，再度自後窗騰躍而出，飛過高牆如大鵬展翅，幾個點落翻過重重屋簷，而後迅速消失在勝業坊巷陰影中。

——當鮑十一娘再清醒過來時，想摸疼痛的後頸，卻發現自己眼前一片黑暗，不知何時被人蒙住雙眼，縛住雙手，大半身軀被什麼埋著，而四周又不斷似有流沙墜落，不斷聚攏掩埋而來。

「誰？是誰？想對奴做什麼？」她驚懼難抑，可畢竟在貴人堆和風塵中打滾多年，儘管心慌鼓譟如雷，面上還是強自鎮定，哀哀可憐地道：「不管要人還是要銀子，奴都盡給你們便是了，還請切莫傷人。」

「淨持沒死。」一個不辨雌雄的聲音在頭頂響起。

鮑十一娘大驚，臉色煞白。「奴、奴不知道您說什麼？淨持，您說的淨持，那可是奴家以前的舊識好姊妹，淨持不是回南方了嗎？」

「妳為何要對她下手？」

「奴沒有！」鮑十一娘大喊，嘴硬地矢口否認。

「妳背後之人又是誰？」

鮑十一娘都快瘋了，因為她聽到四周沙沙聲響傾倒而下之物更多了，已經漸漸地埋到了她肩膀處。「我不知道你在說什麼？我什麼都不知道，我只是個勝業坊最普通不過的媒婆，鴇母……」

「妳既這般忠主，嘴巴如此嚴，寧死都不叛主，我可以成全妳。」那雌雄莫辨的聲音冷冷地道：「淨持還活著，她手頭上握著的東西也比妳一個鴇母價值更勝千百倍，妳不與我交易，我便助淨持去與妳身後的主子交易，想必妳主子會感興趣的。」那細碎如沙如稻穀之物已經埋到了她下巴，煙塵四起，鮑十一娘連連嗆咳，在面對如此危險可怖的雙重壓力，意志已瀕臨崩潰、搖搖欲墜……

「我不想死！我不想死！」鮑十一娘尖叫了起來，死命掙扎大口喘息，哀求道：「若你可保我性命，我、我說！」

「別騙我。」那聲音冷漠無情道：「我能無聲無息就擄走妳，就隨時能無聲無息殺了妳。」

鮑十一娘一滯，自己這些年來巧舌如簧，長袖善舞，卻又哪裡遇過這樣一上來不由分說便斬斷人所有後路，且全無談判可能的狠人？

「我……」

「愛說不說，我沒有耐心聽了。」那聲音打斷她的猶豫囁嚅。

「等等！」

片刻後，冷著臉的赤鳶蓋上了那只足有雙人合抱粗，又近九尺高的木桶，把嗚咽叫喊求饒得令人煩心的鮑十一娘關在裡頭。

而從別院護衛們專司訓練的校場扛來數袋沙包，負責把鮑十一娘直挺挺插埋在裡頭，還一邊在赤鳶逼供時倒沙子的玄機，憂心忡忡地偷看著她，欲言又止。

「妳相信她說的嗎？」玄機忍不住問。

赤鳶腳步一頓，眸光冷冷。「你不相信？」

「我確實不信，」玄機明知說這話，可能會被赤鳶暴打，但他也無法作違心之論。「若她說她的主子是延先公主抑或是薛駙馬，可信度還高些。」

鮑十一娘早年便是薛駙馬家的女婢，自贖其身嫁人，後來才輾轉做了媒人，而後在勝業坊混得風生水起……

「我信。」赤鳶橫了他一眼。

玄機摸了摸鼻子，咕噥道：「總不能是因爲私人恩怨——」

「我現在心情極差，你不想死就閃遠一點！」赤鳶眼中殺氣陡起。

玄機凝視著她，忽然輕喚了一聲：「赤鳶。」

「做甚？」她不耐煩地應聲。

「妳喜歡漠南嗎？」

赤鳶古怪地看著他。「爲什麼這麼問？」

「我聽說那裡山特別高，天特別清，草原特別綠，可恣意縱馬馳騁。」玄機有些結結巴巴。「妳、妳喜歡這樣的地方嗎？」

「阿妹在哪裡，我就喜歡哪裡。」

玄機愣住，低頭看著美豔卻冷情的赤鳶，落寞無聲喟嘆。「……好。」

他默默地跟著赤鳶到裴相跟前，稟報審問結果，裴相和慶伯交換了一個隱晦莫測的眼神。

「如此，就對上了。」

玄機勉強從失落心緒中找回冷靜，問道：「裴相也覺得此人可疑？」

「六郎離京前，跟老夫提過聖人殿內薰香有異，氣息香甜濃重過甚，而他曾在那人身上嗅聞過同樣的香氣，不若往常清淡，違和地更加馥郁上了幾分。」裴相神情凝重。「——就連聖人擲在他身上的棗糰子，那棗泥餡裡都摻有一樣的味道。」

「什麼味道？難道有毒？」玄機大驚。

赤鳶也一臉緊繃地盯著裴相。

裴相沉默了，而後再開口時，道：「王太醫令和田太醫令是老夫多年知交，更是聖人心腹，他們二人一句便會爲聖人號平安脈，雖說聖人脈案絕不可外傳，可倘若聖人有『明顯中毒』之相，他們絕不敢隱瞞。」

「所以有毒無毒，驗不出嗎？」

「六郎熟讀萬卷書，無論是詩書經綸抑或是古籍野史，甚至是民間異聞錄本。」

裴相道：「他說，此物自西域傳入我大唐不久，雖可入藥、調香，亦可食用，適量能令人心生愉悅舒暢，有陶陶然之感，過量卻致使人胃弱、暈眩、口乾、焦慮、暴躁、心神紊亂……香入肺腑骨髓血脈，甚至能殺人。」

玄機急切追問：「您老的意思是，即便太醫令診治出聖人焦慮、胃弱、心神紊亂等症候來，也不會聯想到是受香氣毒害？」

「老夫確實是這麼推測的。」

「眼下沒有證據。」赤鳶想起不久前裴大人和阿妹入殿求見，非但不能取信聖人，反而落得廷杖和驅逐之罪，不禁氣極而笑。「也許即便拿出證據，聖人也不會相信。」

「這也是老夫不敢直接以此事爲據，進宮求見聖人的原因，但淨持娘子這份烏絲灡綢名單，於我們而言，屬實是絕渡逢舟……」

「聖人最近都歇在楊妃娘娘的殿裡，」玄機有些焦慮。「如果楊妃有心要攔，我們恐怕也見不到聖人。」

「這點可以放心，阿慶有法子。」裴相看了慶伯一眼，慶伯則是得意地挺了挺他的大肚腩。

玄機和赤鳶疑惑地看著他們。

✦

——而此時的劉尙書府中，道娘正靜靜書寫著青詞，不知怎地連連寫壞了好幾張，她放下了狼毫，素淡清雅如仙的小臉莫名惶惶。

「今日怎麼心亂得慌？」她玉手輕捂著心口處，自言自語。

忽地門邊傳來兩聲輕敲，道娘驀然轉頭，見到來人不由嫣然一笑——

「阿娘。」

平壽縣主款款而入，坐在她身邊，憐愛地摸了摸她的頭。「在寫青詞呢？」

「是，不過有些心不清淨，寫得並不好。」道娘撒嬌地偎靠向平壽縣主。「阿娘，裴家阿兄和卓家阿姊近來是不是還忙得很？我幾次問阿耶，阿耶都說讓我別去鬧他們，可上次卓家阿姊給我的驗屍手錄，有些地方我弄不明白，想再求問卓家阿姊——」

「道娘，」平壽縣主難得地打斷了小女兒說話。「妳還惦念著妳裴家阿兄嗎？」

道娘小臉紅了，卻也搖搖頭。「女兒知道裴家阿兄和卓家阿姊才是天造地設的一對兒，女兒羨慕他們，也不再有旁的心思了。」

「也對，我家道娘値得這天下最好的男子。」平壽縣主柔聲地道：「道娘，阿娘會爲妳謀劃好錦繡尊榮的將來，將一切都捧到妳跟前，妳只管放心。」

道娘面頰羞紅得更厲害了，「阿娘，女兒還小，現下只想多陪陪阿耶和阿娘幾年，盡一盡孝心。」

平壽縣主目光悵然。「道娘，阿娘這一生未能擁有的，只要妳能得到，阿娘也就圓滿了。」

「阿娘？」道娘有一絲迷惑。「怎麼了？」

無憂無慮的閨前時光……英俊年少引以爲傲的夫郎……無上尊榮的恩寵……還有無須再戴上面具，處處受制於人的人生……

「阿娘沒事。」平壽縣主撫摸著女兒的臉頰，輕輕地道：「我們都會好好兒的。」

第十章

慶伯把別院中最好的幾匹千里馬，都派出來輪流拉裴行眞躺著的這輛寬敞馬車了。又有玄符御馬趕車，所以馬車疾駛行進間也輕巧平穩許多，就是唯恐顚著了裴行眞。

只是夜色深沉，馬車內燃起的宮燈暈黃溫暖，卻暖和不了此刻兩人獨處時的清冷凝滯氛圍。

拾娘默默地擦拭著她的柳葉刀……不發一語。

裴行眞本就是長安馳名的溫潤清揚美男子，眼下憔悴傷病，更流露出一抹令人心疼的淒美破碎感。

他癡癡然地凝視著她，她不開口，他也不敢出聲驚動。

拾娘願意坐在馬車裡和他共處一室，而不是揮袖離去，他已經萬分感激了。

直到一個意料之外的重重顛簸，裴行眞身軀猛然撞在了車廂上，儘管吞服了三枚培元麻沸丹，他依然疼得悶哼一聲，眼前金星亂竄，幾欲暈厥……

「小心！」身體的本能反應遠比腦子快，拾娘迅速撲過去扶住了他，冷豔清媚的臉上掠過了一絲緊張。

裴行眞痛得滿頭冷汗，依然緊緊注視著她，滿眼深情，怎麼也捨不得將視線稍稍離開些許。

她這才意識到自己突兀的舉動，冷著臉想推開他。

「拾娘，我錯了。」

她一僵。

他喑啞眞摯地道：「我並非不信妳，而是我太過自負，自以爲是，自認聰明絕倫，皆能將天下人天下事分析推敲掌握在手中。」

拾娘默然良久。

裴行眞屏息以待，深邃溫柔目光盡是忐忑，越等越慌，越害怕……怕她當眞從此以後再也不原諒自己，更怕她與自己割袍斷情，永不相見。

「……不過是爲人處事準則不同，無分對錯。」她終於回答。

「不，對就是對，錯就是錯。」他心下一鬆，忙全心補救道：「妳我同心同進退，我更該處處尊重信任妳，事事與妳有商有量，而不是妄自打著爲妳好的旗幟，卻將妳的意願置之度外。」

她一怔。

他試著想握住她的手，眼中深深愛意隱藏不住，語氣也越發輕柔和軟。「都說君子論跡不論心，可拾娘，我往後將來都對妳論跡也論心。妳現在無須原諒我，只求妳能再給六郎一次機會，用餘生證明給妳看好嗎？」

拾娘呆呆地看著他，原以爲念已堅定，可此際又被他這幾番話攪亂了心田一池春水，漣漪難止亂如麻。

他沒有催促她，也沒捨得催促她，只是輕輕地握著她的手，怎麼也不捨放。

「……我再想想。」她抽回了手，有一縷倉皇失措。

「好。」他柔聲道。

「那我下去了。」她就要起身離開車廂。

「拾娘！」

她回頭，眉心微蹙。

「我既已立誓不再自作主張，有一件事我必定要與妳坦誠自首的。」他溫言。

她點點頭。「你說。」

「聖人三十廷杖打我是真，」裴行真小心翼翼地看著她，輕輕道：「可確實沒有下死手，這傷看著嚴重，鮮血淋漓血肉模糊，可都未傷筋動骨，將養個十日也就能好上大半。」

拾娘嘆了口氣。「我後來看出來了。」

她在戰場上看過的傷患和解剖時驗過的屍首那般多，又怎麼會分辨不出？先前，不過是關心則亂。

「妳還記得，聖人讓聞人肅遞出的那隻小玉虎嗎？」

「記得。」拾娘道：「聖人說，他信六郎，一如六郎信他。」

「我早前聽了只覺感動，後來在殿內聖人朝我砸了個棗糰子，我才知聖人的深意。」他看出拾娘不解，道：「我小時被聖人暱稱做『棗糰子』，世上也唯有聖人會這般喚我，這些年來聖人只要同我傳遞祕事私話，都會以棗糰子做信號。」

她恍然大悟。「原來如此。」

「還有，聖人命人將我拖入內殿杖責，其實當時是一名羽林軍佯作痛喊——」

「什麼？」她清冷美眸猛睜，又是心頭火起。

裴行眞連忙緊緊地握住了她的手，英俊蒼白臉上滿是陪笑。「拾娘莫惱，我並非有意隱瞞妳，而是聖人叮囑，此事萬不可外傳……可我守著對聖人的承諾，在長安不談，但眼下我們不是已經出長安了嗎？」

「你——」拾娘深深吸氣，要不是看在他如今病歪歪可憐悽慘的模樣，還眞想一拳把他打出馬車去。「——繼續說。」

「妳可還記得戴郎中除了留下那七字外，還畫了太陽、竹竿和蟬嗎？」

拾娘心念一動。「你破解了？」

「是，太陽中有『陽』字，且太陽素來也意指爲『天』，竹竿則是象形中的『策』字，蟬鳴叫聲爲『知』……」裴行眞道：「武德三年，戴天柱入秦王麾下，武德四年，秦王被高祖封爲『天策上將』，建府於洛陽。」

「洛陽……天策……知？」拾娘細唸，瞬間震驚地望向他。「意思是，溢出五千的軍械，天策上將知曉？」

「我當時也做如此臆測，所以便寫了紙條託翁翁入宮詢問聖人，沒想到聖人卻不見翁翁。」他嘆道：「後來在內殿中，聖人才說出其中深意——戴郎中是他假意尋了個錯處，刻意安排在庫部司裡監管軍械。」

「原來如此。」拾娘恍然。

「戴郎中發現，李郭宗大將軍暗中命軍器監將製造出的一些甲冑軍械，謊稱劣等，藉由姜尙書之權，悄悄混藏入了庫部司，他雖不知李郭宗原因何在，但他未曾驚動任何人，便先報予了聖人……」他一頓。

「然後呢？聖人做何裁奪？」她追問。

他眼神中有一縷愧色。「聖人要他裝作不知，任其行事。」

拾娘咬了咬牙。「爲什麼？」

「聖人從各處暗線諜報中得知，李郭宗意圖在朔北引發戰事，還收買安僧札和左領軍左郎將安布，要將軍械私運出長安……」裴行眞生怕拾娘激動憤怒，便裝作痛楚地喘了口氣。

拾娘雖然胸臆間怒火竄燒，可終究還是擔憂他傷勢，面色緩和了些，輕聲道：「你慢慢說，我聽著。」

他又假裝咳了兩聲，這才「虛弱」地道：「安布雖然與李郭宗有過命交情，可大是大非之前，自然不敢隱瞞聖人，於是向聖人稟明了一切，聖人便決心讓李郭宗自取滅亡，所以無論是勾結衡州刺史盜賦稅，抑或是其他種種兵事措舉，都放任自流……戴郎中忠心爲國，又是耿直行伍出身，見聖人不處置，便想法子要把祕密捅到妳跟前來。」

拾娘眼眶有些發熱，澀然道：「然後竟被早就盯著他一家的常氏給謀害了。」

「……是。」

良久後，她才又復低聲問：「然後呢？」

「聖人本不欲我們二人涉入此事，但見我們早已咬住了線索不放，索性也就趁勢逐我們出長安，順水推舟，讓我們去追安僧扎那支胡商隊。」

「那又何必當眞打三十廷杖？」她回想起來，仍面色不豫悻悻然。

他心頭一暖，明白她是心疼自己。「不皮開肉綻打上一場，如何『坐實』我受聖人厭棄？只要能令盯著妳我的人半信半疑，略略將注意力少傾注在我倆身上幾分，便足矣。」

「不懂。」她完全不能理解文臣這彎彎曲曲的腦子，倒像是不挨上這一頓打，戲就唱不下去了。

「——如同今日，在後頭幫我們掃尾的裴家部曲們傳來消息，跟上來的幾波人馬，都減少了人數，自十里亭後，岔路一多，他們被迫分散追人，現在已經追丟了。」裴行眞微微一笑，在夜色昏黃燈影下，眸光依然熠熠動人。「拾娘，相信我，也相信妳自己，縱然這世間渾沌人心難測，可我們定然能堅守心中是非公理，縱死亦不屈！」

拾娘胸臆間情不自禁盪起一股久違的悸動，更難抑感動……眞好，他雙眼無恙，尤在運籌帷幄、料敵機先之時，深邃睿智眼神再度神采照人，彷彿最黑暗黎明前最亮的那顆啓明星。

——照亮黑暗，指引人心。

在這刹那間，拾娘忽然覺得自己好像一切都釋然了。

無論是聖人的陰謀陽謀，廟堂和軍政各方勢力的腌臢角力……

無論這世間的眞或假，變與不變，可裴行眞就是裴行眞，永遠都是她自結識以來便同生共死、奔赴同樣信念的那一個人。

他們都是一起的，那便足夠了。

✦

……第三彎新月升起時，丑時末，城門開。

當靈州城裡大部分百姓都睡得正酣熟時，秋夜更深露重，寒霜點點，城門戍守的府兵守衛也攏緊了緊身上的甲冑，忍不住打了個哈欠。

一瞬間爆炸聲四起，轟隆隆彷如天塌了！

百姓自睡夢中駭然驚醒，惶惶然還來不及反應，就聽到又一聲砰然巨響，然後是四處驚喊尖叫和啼哭聲——

「城門破了！」

「敵襲！有敵襲！」

打鐵舖中，高大黝黑男子和衣而眠，幾乎是在第一聲爆炸響起時，便迅速睜眼翻身而起——

原來是飛火！

不，不是飛火，飛火是以油脂、松香、硫磺之類的易燃之物，點燃之後以弓射出，用以火攻。

這陣陣激烈的爆炸聲響，倒像是丹士炸了練丹爐那般的驚人可怖威力。

高大黝黑男人暗自懊惱自己前夜趁府兵不備，已然神不知鬼不覺去偷出了一點那氈布覆蓋之下的白色結晶之物，偏偏就是研究不出此物爲何？又是做甚用？

下一霎，他就聽見了那又一記彷彿地動山搖的轟然巨響，而後是府兵雜亂慌張的叫聲和怒吼……

當他衝出門外，已然看見城中到處亂成了一團，城門大張，不斷有身披獸皮氈裘，內著輕甲的騎兵衝殺進來，見人就砍，措手不及迎敵上前的府兵也被當頭劈了個正著，淒厲慘叫和斷肢鮮血飛濺。

被髮左衽……是突厥兵！

高大黝黑男人——磨勒已顧不得去推想，爲何有突厥兵能越過邊界駐防唐軍，長驅直入靈州城？沉甸甸厚重城門又是誰開的？

他手底一翻，匕首自袖間而出，握緊後閃電般揉身飛躍而上，寒光劃過的剎那已然收割了一名突厥騎兵的頭顱！

接著他腳尖在馬兒身上一踮，又是飛身而起撲向另一名突厥騎兵，匕首準確地插在了該名突厥騎兵的心口上。

周遭突厥騎兵隊伍萬萬沒想到只是一個照面間，己方就死了兩名剽悍騎兵，領頭人眼中冒出狠戾血色，策馬狂奔瞬息而至，手中尖銳如獠牙的長矛重重刺向磨勒。

磨勒正背對著領頭人，感覺到殺氣侵膚的一霎，猛然回身險之又險地用匕首橫擋住了長矛之尖！

鏗地一聲火花四濺，兩人一觸及分，各自戒備地看著對方的武器，顯是沒料到對方的兵刃竟剛韌至斯，斬之不斷。

「狼兒們，圍殺此人！」領頭人朗革粗獷老辣的眼一瞇，立馬就判斷出了眼前的磨勒是罕見的勁敵，如不合力殺掉他，即便後頭源源不絕衝入城來的騎兵再多，此人都是極大的威脅。

朗革曾聽過大唐李靖李衛公用兵如神，武藝精妙，以一擋百，於千萬人中取敵首級的赫赫威名，但這名崑崙兒又是何方人物？

「是！」不斷湧入的突厥騎兵嘶吼著衝撲了上來。

磨勒面色如常，絲毫不見畏意，他身形快如鷹隼鬼魅，經常是眾人還來不及捕捉到他的影子時，一名又一名的突厥騎兵已經殞命落馬。

府兵們精神大振，也怒喊著和突厥騎兵廝殺成一團……只是黎明前的天色最爲黑暗，儘管有篝火隱約照明，敵人太多，又影影綽綽，有人趁亂朝同僚背後捅刀，在無數此起彼落的慘叫聲中，怎麼也分不清誰是友誰是敵……

✦

——而此時此刻，遠在長安的大將軍府內，李郭宗負著手佇立在高台上，望著長安萬家燈火。

他極目眺望的，是北方。

「主子，動了。」心腹上前低聲稟報。

李郭宗的滄桑虎眸不辨喜怒。「知道了。」

「五千甲冑軍械隨安僧扎的商隊會在靈州邊界繞捷徑，往漠北薛延陀所在的鬱督軍山，我們的人已經在那裡準備好，在甲冑打上隴右道涼州軍的印記，燒殺薛延陀一支部族。」心腹微笑。「隴右道的軍需冊捏在我們手上，若不想冒領兵餉之事爆發，這一筆『帳』，涼州軍不認也得認。」

屆時，薛延陀必會認定大唐隴右道涼州軍唯有聖人能調動，也必然不甘受此屈辱，日後自然有藉口恢復擾邊進犯。

只要關外有狼虎環伺，野心不息，聖人就得重用他們李家軍，不得削兵員，不得減軍餉，更休想鳥盡弓藏。

大將軍下的最後這一步棋，就穩了。

「務必事祕，」李郭宗叮囑：「壹利吐菈哥那小娘子比她老子有血性，有凶性……若她知道了，屆時定會撕毀盟約，反過來狠咬我們一口，道義這兩字在她那裡，可只是笑話。」

「主子放心，」心腹恭敬地躬身。「霍家不會讓她活出靈州城的。」

李郭宗頷首，笑了笑。「可惜了，否則薛延陀日後說不定還能出一個女王……裴行眞和卓拾娘一行人呢？」

「我們和徐晉忠的人都跟丟了，不過想來他們也是循線往靈州而去。」心腹道：「主子英明，讓安僧扎那老小子假作無意間在庫部司留下龍腦頭油和一小截衣袖，果然有效。」

「裴卓二人既然都是屬狗的，什麼味兒和線索都能嗅聞得出，那麼便讓他們就一起葬身靈州吧！」

「就怕裴行眞受了杖傷，車架緩行，赴死都趕不上。」心腹猶豫。

「今夜之後，靈州就由李家軍入駐掌管，裴家六郎和卓家拾娘無論何時踏入靈州城，都沒有回頭路可走。」李郭宗撫著蒼灰短鬚。「黃口小兒，單憑一腔公理正氣，就想左右朝局……當眞淺薄，可笑至極。」

「主子所言甚是。」

✦

靈州這噩夢般的一夜，彷彿漫長永無止境。

盧元當日稍早才慶幸有霍長史相助，解了開春馬匹降生不足之危，可誰知黃昏時分，朝廷駕部督察使一行人陡如天降，突擊抽查臨沐監，竟發現了大批良馬被換成了劣馬……

還搞不清狀況的盧元嚇得臉色發白，第一個念頭便是——

良馬變劣馬？怎麼可能？怎麼會這樣？

「這當中肯定有誤會——」盧元拚命想解釋，可換馬一事他雖被騙了，卻也並非全然無辜之人，自然解釋得乾乾巴巴。

「證據確鑿，還喊什麼冤？」駕部督察使臉色鐵青，一聲令下立時讓人將盧元押入大牢，以待候審。

盧元前腳才被押回靈州城大牢，崔大娘子後腳就提著一匣子點心過來探監了。

「娘子，娘子，我是無辜的，我真的沒有勾結外族、盜馬叛國！」盧元看到崔大娘子來了，又驚喜又委屈，撲到了鐵制牢籠邊，險些哭了出來。「娘子是信我的對嗎？」

崔大娘子默默地將那匣子點心打開，隔著牢籠，只能遞予了他一枚。「阿郎先吃點填填肚子吧！」

盧元眼圈一紅，沒有伸手接，而是感動地握住了她的手。「還是娘子待我好……」

「不。」崔大娘子抽回手，淡淡地道：「都結束了。」

盧元一呆。「什麼結束了？結束什麼了？」

「你的枕中一夢，我的粉墨登場。」

「我……我不明白……」

「半年夫妻一場，所以我便是來讓你死得明白。」崔大娘子木然地道：「你自己也心知肚明，你從不曾及第登科，這官位和姻緣，不過都是一場安排好的戲。我們需要你冒名頂替眞正的盧元，持著他的過所和赴任派令前來上任。」

盧元不敢置信，劇烈地顫抖了起來。「那、那眞的盧元呢？」

「一行人早已被劫殺在半路官道，成爲無名屍。」

「爲……什麼？爲什麼妳要這麼做？」盧元目眥欲裂，可更多的是受她欺騙的這當胸一刀。

他原以爲的夫妻恩愛，兩情相許，原來……都是謊言。

「看過皮影戲嗎？」崔大娘子面無表情。「你和臨沐監就是台上的皮影人兒，我們便是那掌控皮影人兒的手，如今上好戰馬換走了，你牧馬使監守自盜的罪名也坐實了，所以，戲唱完了。」

盧元死死地抓住了牢籠，淚水奪眶而出，幾乎崩潰。「妳——妳爲什麼要這麼對我？」

崔大娘子麻木地看著他。「我們都無從選擇。」

「娘子……娘子……」

崔大娘子轉身離開，對於身後的瘋狂痛哭咆哮置若罔聞。

「——妳騙我！你們騙我！來人，快來人，我是被冤枉的，換馬的是霍長史，不是我，你們都搞錯了！」

「——我要見督察使大人！」

盧元叫喊得聲嘶力竭，可整座大牢卻無人應他，彷彿這偌大靈州城大牢，像是只關押了他一人。

最終，他頹然地跌坐在大牢亂糟糟骯髒的地上，雙手緊緊抓著身邊的雜亂稻草，喃喃自語。「這都是在作夢，這是一場夢，等睡醒就好了，就沒事了……」

崔大娘子一走出大牢，駕部督察使和隨行書吏已經守在此處，對崔大娘子微微一笑——

「徐公讓本官轉告崔娘子一聲，他與崔家兩清了。」

「喏。」崔大娘子持手回禮。

盧元全然不曉大牢外發生之事，他累極昏昏沉沉地不知睡了多久，是被雷霆般的巨響驚醒的，他驚嚇萬分地爬了起來，看著黑壓壓連盞油燈都沒點的大牢，牙關打顫了起來。

「發生什麼事了？」

「來人！」

「有沒有人啊！」

「放我出去，放我出去！」

「我不想死……嗚嗚嗚，我是落第書生盧元，我不是眞正的牧馬使盧元……救命……錯了，全錯了……」盧元哭喊到嗓子都啞了，萬分無助，以為自己這輩子都要在這裡被關押到死了。

「——裡面還有人？」一個冷肅的聲音響起。

盧元瞬間激動地拚命拍打牢籠。「有人！有人在裡邊，救救我，我是冤枉的！」

一只火摺子在黑暗中陡然出現，火光微弱，卻剎那間令盧元重新看見了生機。出現在他面前的是一名高大剽悍的勁袍護衛，黑眸微瞇審視地盯著盧元。

「整座衙門空空蕩蕩，官差衙役和犯人都趁亂跑了，你怎地還獨留在這裡？」

「跑了？都跑了？」盧元腦子一片渾沌，茫茫然不知所措，只覺自昨日黃昏至今發生的一切，都是一場噩夢，那他現在是夢醒了？還是沒醒？

「有突厥軍隊破城門入城燒殺，府兵阻攔不住，現在全城都亂了——退後！」

玄符低喝一聲，嚇得盧元踉蹌後退，他揚刀隨手一劈，剎那間砍斷了大牢的鎖頭。

「你也走吧！」

盧元腳下虛軟跌跌撞撞，卻還是咬牙緊跟了上去，一疊連聲追問——

「壯士，您適才可有經過牧馬使府？裡面的人可有沒有事？她……他們安全嗎？有沒有逃走？」

「不知道。」玄符冷冷橫了他一眼。「不想死就閉嘴！」

盧元臉色刷白，緊摀住嘴巴，點頭如搗蒜。

四處都是奔跑竄逃的百姓，還有無數分不出盔甲服色敵我的兵馬，盧元幾次險些被砍掉腦袋，都是玄符將來人擊飛，拉了他一把，這才保住他一條險象環生的小命。

盧元暈暈忽忽地被帶上了城牆一處高高的崗哨上，整個人都癱在冰冷的地面上氣喘如牛，再也動不了了。

「這是誰？」一個清冷的女聲自寒風中傳來。

「他在牢裡滿口嚷著他是落第書生盧元，不是真正的牧馬使盧元。」玄符道。

一個溫雅疏朗的男聲咦了一聲。「新任靈州牧馬使盧元，河南道陳州人士，年三十六，貞觀六年中舉，入太僕寺任書吏，精通馬政，今年特受拔擢往臨汴監上任……你看著確實不像年歲近不惑之人。」

盧元聽得目瞪口呆，這才發現眼前的這對男女，女子冷豔英氣，男子俊美清雅，有天人之姿。

「你、你怎麼……」盧元傻傻吞了口口水。「敢問尊駕哪位高人？」

「我是裴行眞。」

盧元陡然睜大了眼，脫口而出：「玉面郎君、破案通神的刑部左侍郎裴大人？」

清俊蒼白、傷勢未癒的裴行眞無奈地輕輕一笑。「我是，但前面倒也不必加上那些頭銜，世人謬讚，虛名而已。」

「不不不，裴大人專破懸案的事跡天下無人不知，便是連下官，呃，是草民久居鄉間都——」

「此刻兵凶戰危，」裴行眞溫和地打斷了他的話。「閒事暫且不談，你先躲在此處，等兵禍平定了再出來。」

盧元這才意識到此刻靈州城正在遭遇怎樣的戰火肆虐，他強撐著站起躲靠在牆邊，隔著牆垛裡外張望，臉色慘白。

東方大片大片的鴉青色天空，隱隱約約有曙光乍現之象，可城內卻是四處刀光劍影，還有屋舍著火……

西邊更是黑壓壓看不見盡頭的大批軍隊從四面八方湧向靈州城，盧元雙膝發軟，差點撲通一聲跪下來。

「死定了，我們死定了。」盧元喃喃。

裴行眞卻神情淡定從容，望著那支率先奔馳接近靈州城的軍隊旗幟，輕嘲一笑。

「所料不錯，靈州城『一亂』，李郭宗大將軍的李家軍就會打著出兵協助平亂的名義，順理成章地接管靈州……果然，東軍和中軍都來了！」

拾娘已無心深究他是如何推算出這一局的，她手緊緊按在腰間刀柄上，神情冷硬肅穆，已然抑不住通身想下去廝殺殲敵的激昂熱血衝動。

她永遠是個武將，儘管對朝政時局再有不滿，可她每一寸骨血都烙印著衛民安邦、守護大唐的使命。

「不管李郭宗打什麼主意，今日我拚死也不會讓他拿百姓做芻狗和賭籌！」拾娘霍然拔刀，在飛身而下之前深深望了裴行眞一眼，而後疾聲叮囑玄符道：

「護好大人！」

「喏！」

「拾娘當心。」裴行眞目光緊緊跟隨著她。

◆

磨勒已經記不清自己殺了多少人，雖然他擁有一身精妙絕倫的武功，師父前隋名將來護兒也告訴過他，戰爭有多殘酷。

可一切都及不上他眞正置身戰場之中……

斷肢殘臂，頭顱滾地，肚破腸斷和血流成河，他殺到最後已經有些手軟，可當他看到一名稚兒驚慌地奔逃不及，即將被不知是突厥兵還是其他人馬揚蹄要踩踏下去的剎那，他怒吼一聲，匕首劃斷敵人橫刀，可那人粗壯魁梧又身著重甲，磨勒一下被生生地格擋住了。

眼看馬蹄就要踩爆稚兒後背的當兒，一個青色身影快如流星疾閃而過，等磨勒狠狠踹開那粗壯敵人身軀，再定睛一看，便見到一名膚白勝雪、眉目如畫的女子抱著那稚兒，小心檢查著稚兒小小的身子，確定沒有傷著半分後，才將稚兒送還到哭喊著過來抱兒子的母親懷裡。

磨勒凝視，青衣女郎回眸，兩人同時有一剎那的愣怔，而後又各自點了點頭，默契地轉身，分頭廝殺起不斷湧進城中的突厥和薛延陀兵馬。

這一幕，卻被原本勝券在握，登城中最高樓台的洪娘子看見了。

「磨勒……」洪娘子如花般嬌豔嫵媚的臉龐，血色消褪得一乾二淨。

——你怎會在這裡？又爲何殺我薛延陀族兵？

「你不該是我的敵人。你，該站在我身側的。」洪娘子美麗雙眸淒厲地盯著正在絞殺族兵的磨勒，正想要高聲叫喚出來：「磨——」

就在此時，忽聞百姓驚狂歡呼聲浪一陣又一陣，自城門推送響徹而來——

「卓家軍到了！」

「卓家軍來救我們了！」

「是李衛公麾下第一猛將卓盛將軍的兵馬……老頭兒沒看錯，當年陰山之戰，卓盛將軍插的就是這面『玄虎卓字旗』！」

「卓家軍！真的是卓家軍！」

一瞬間城內所有動亂的突厥兵和薛延陀兵，甚至連李家軍都僵住了，不能置信，也不敢置信。

卓家軍怎能離開駐地，橫跨大半個大唐疆域而來平定兵亂？

就是方才狠狠踹斷一名薛延陀大將腿骨使其墜馬的拾娘，都在聞聲愕然抬頭張望的當兒，破天荒地瞪大了黑白分明的雙眸——

「阿耶？」

可不是嗎，那個永遠衝在最前面打先鋒，高大粗豪巍巍如山的強悍中年男人，手持巨大雙斧，一路殺敵輕鬆得猶如在田裡砍瓜切菜……

那就是她家阿耶，卓盛，卓老大！

在眾人被玄虎將軍卓盛和他麾下那群如狼似虎，個個興沖沖嗷嗷叫衝殺而來的兒郎們威懾住的瞬間——

在牆垛上本來笑得眉眼彎彎，想對岳父大人瘋狂揮手的裴行真，在察覺到自己眼下這病奄奄的「柔弱之姿」時，默默收回了手，忍不住轉頭對玄符道。

「……我要再服三枚培元麻沸丹。」

否則，稍後等岳父大人幹完了大事，他款款走下城樓階梯恭迎拜見的時候，總不能又疼到身形瑟縮、腳步顫頏又齜牙咧嘴，長安裴家兒郎風華盡失，讓岳父大人對自己的頭一印象就欠佳吧？

玄符耳朵動了動，假裝沒聽見。

而卓家軍大舉「來襲」，非但打得突厥兵和薛延陀兵節節敗退，潰逃四散，就連口口聲聲喊著——「我們是李家軍！」、「是友軍！是友軍！」的李部軍隊，都被卓盛一句「老子眼力不好耳朵重，沒聽清你們說啥，兒郎們，打！」相同打得落花流水。

李部軍隊領頭的副將被打得鼻青臉腫，再也忍不住大聲怒斥道：「卓盛！你無詔私調兵馬侵入靈州，你這是要造反嗎？」

「呸！」卓盛自懷裡摸了半天，掏出了個金光閃閃的虎符，得意洋洋道：「聖人一個月前就詔令我等卓家軍全軍移師到靈州換防了，老子用得著跟你，還是跟你主子交代？老子當年打仗的時候，你還在賴你阿娘腿邊要銅子花呢！」

李部軍隊副將眼睛暴睜，又驚又懼，瞬間氣得吐出一大口血來！

完了，全完了……

而在高樓之上的洪娘子——薛延陀小公主壹利吐紝哥，死死掐破了掌心，隨即恨恨地披上斗篷。

「撤。」

「公主，」下屬們有一絲不甘心。「李家軍不會就此罷手的，不如我們待鷸蚌相爭、漁翁得利？」

「李郭宗最會審時度勢了，當年胡城他能隻手遮天，便敢滅全城以奪功勳，他如今再想故技重施的螳螂捕蟬，可卓盛這隻黃雀聽命來了，你覺著大唐聖人這名獵人，會錯失我們鬥得三敗俱傷的局面嗎？」她冷冷一瞥。「——撤？或死？」

屬下臉色發白，忙躬身領命。「都聽公主之命。」

◆

——國之彼端，長安天光乍亮。

楊妃端著盅甜香四溢的蓮子羹，緩緩踏入殿內，聖人正坐在紫檀金榻上，若有所思地反覆看著手上之物。

「聖人，妾給您做了蓮子羹，您嚐嚐？」她嗓音柔和幽靜。

聖人抬頭，對著她一笑，可說出來的話卻令楊妃手上的羹碗陡然墜落……

「——又是加了豆蔻精心熬煮的吧？愛妃可真唯恐毒不死朕哪！」

楊妃腦子嗡地一聲，想擠出笑容佯裝不解，卻見聖人將小香爐扔在了她腳邊，裡頭豆蔻香料灑了一地。

「妳每月讓平壽在宮外調了豆蔻香身丸，送進宮內讓妳服用，令渾身肌膚自然而然透出香氣。」聖人冷冷地看著她，眼神晦暗而隱痛。「——朕從來沒有疑心過妳。」

楊妃驚懼過後，心一橫，忽然嗤地笑了起來。「聖人不曾疑心妾嗎？若無疑心，何必在妾身邊處處安插眼線？」

「是眼線。」聖人努力克制住發火的衝動，太醫令說過，他不能再輕易動怒。「更是保護。」

「就像聖人把恪兒發配到那麼遠的封地去，剝奪了他父子之情，母子之親的機會嗎？」

「口口聲聲爲了恪兒，」聖人猛地將手中烏絲瀾綢往楊妃面前一甩。「那妳當年和霍王勾串想逼朕退位，又是爲了誰？」

楊妃臉色變了。

聖人一個字一個字自齒縫中迸出：「——朕只給妳一次機會。」

番外壹・定靈州

在突厥兵和薛延陀兵潰敗往北方而逃，李部人馬被卓家軍人馬全數扣押的當兒，煞氣騰騰的卓盛隨手將滴著血的雙斧朝後扔給了副將，而後一躍而下，眉開眼笑地迎向心愛的女兒。

「可想阿耶了？」

「想了。」一向清冷英氣、處變不驚的拾娘，在此時卻難得地流露出了一絲小女兒態，依戀地拉了拉自家阿耶的袖子。「阿耶，您收到聖人的詔令移防，怎麼沒通知我一聲？」

「聖人下的是密令，阿耶又如何敢洩漏？」高大魁梧濃眉大眼的卓盛低頭看著女兒，上下打量，簡直看不足夠，心疼地道：「我家拾娘都瘦了，是不是辦案太忙，連飯都顧不上吃？還是吃不慣長安的吃食？我就說了，長安人那些小碟小碗小盤都是鳥吃的食量，哪能餵得飽人？」

她笑了，心頭暖洋洋。「阿耶，我頓頓都吃得極好的，不過是阿耶太久沒見著我，記差了。」

卓盛正要反駁，忽地一個清朗溫柔的聲音越眾而來——

「小姪裴行眞，拜見卓叔父。」

卓盛虎眸精光一閃，盯著面前宛如天上謫仙般俊美如玉、笑容溫潤的青年恭敬地朝自己執子姪之禮，雖然身形動作間略顯一絲僵硬，可望向自己時那眼底的滿滿孺慕崇敬之色，一下子就把卓盛看爽了。

「裴大人。」不過卓盛雖外表粗豪，心眼子也是實打實的精明，面上不冷不熱，回了一個官場上的叉手禮。

裴行眞心下微微一緊，越發忐忑，躬身謙遜道：「當不得卓叔父一聲大人，卓叔父如若不棄，可喚小姪六郎，有何吩咐，也請儘管差遣六郎。」

「嘶，」卓盛故意端詳著他，摸了摸下巴亂糟糟粗硬的鬍鬚。「六郎這身子骨看著挺單薄啊，小臉煞白風吹會倒似的，我可不敢任意差遣裴相如珠似寶的好金孫，萬一磕壞了，我可賠不了。」

「磕不壞磕不壞，能得卓叔父調教一二，是六郎的福氣。」裴行眞言詞機鋒從未輸過人，但眼前可是未來的岳父大人，他天生就矮了好幾頭，只能傻笑陪小心，又哪裡敢施展出三分平日在廟堂之上舌戰群儒、橫掃千軍的舌燦蓮花本事？

「哦？」卓盛似笑非笑。

「至於面色煞白風吹會倒，此乃意外，六郎素來於君子六藝亦不曾鬆懈，弓馬騎射雖及不上武將，也非手無縛雞之力的文弱書生，待六郎傷好之後，還請卓叔父考教。」裴行眞改爲抱拳，坦率而眞摯。

不過此時此刻，他也不免對聖人生起了一絲埋怨，三十廷杖既是作戲，就不能純唬人嗎？還是聖人想趁機打他板子很久了？

若換作尋常，他乖乖挨打也就是了，可怎麼偏偏選在未來岳父領命換防，到朔北靈州平定兵亂之時？

卓盛摩娑著下巴，興味濃厚。「行！到時候咱們打一場？」

裴行真溫馴乖巧的笑容霎時僵在了臉上。

「阿耶，」拾娘忍不住又拉了自家阿耶袖子一記。「裴大人哪裡受得住您的幾下拳頭？」

「我打我的，他閃他的，若是連這點本事都沒有……」卓盛哼了聲，睨了裴行真一眼。「還想站在我家拾娘身側，做夢呢！」

裴行真大手輕握住了拾娘的手，深邃清眸透著斬釘截鐵的堅定。「卓叔父，就這麼說定了。」

卓盛一把將女兒扯到自己身邊，昂起下巴。「幹什麼？幹什麼？老子還沒同意把女兒許配給你呢，不許摸！」

裴行真英俊蒼白的臉上湧現了抹羞赧的紅暈，這才意識到他確實在長輩面前孟浪了，將心比心，若換作他和拾娘有了個粉妝玉琢千疼萬寵的寶貝女兒，卻被個臭小子當場拉拉牽牽的，自己肯定也想擰斷那傢伙的胳膊。

只是……

他低頭看著自己空蕩蕩的手，再看被卓叔父牢牢挽著的拾娘，還是覺得悵然若失，心底更是酸溜溜的不是滋味起來。

不過眼下卓家軍初初平亂，靈州城內外有許多待拾掇收尾的大事，也著實不是談兒女私情的時候。

思及安僧扎那批貨還沒追上，那才是他與拾娘的任務所在，裴行眞立時打點起十二萬分精神，正色對卓盛道——

「卓叔父，聖人既有密令與您，顯然是早對李部軍隊有所提防，靈州有卓叔父坐鎮，六郎也就放心了；我同拾娘日前追蹤粟特人安僧扎的商隊，自長安一路到了邊界，注意到商隊車輪印子往東北方而去，而非入靈州城……」

拾娘也一臉嚴肅，接口道：「……阿耶，我們本該一直追著安僧扎那批貨去的，可眼見靈州城烽火四起，我與裴大人無論如何也不能坐視不管，所以便先往靈州城來，現在有阿耶和卓家軍接管靈州城，最是好極，稍後我和裴大人也可專心趕路，早早擒回安僧扎。」

卓盛看著女兒一口一個「我與裴大人」、「我和裴大人」，雖然稱謂算不上親暱甜膩，但卻自有一股纏綣濃重的信任依賴……教老阿耶這顆心哪，簡直吃味得一塌糊塗。

只是卓盛也非公私不分之人，雖然暗暗磨牙，還是悻悻然點了點頭。「你們安心辦你們的案去，可要阿耶派一支斥侯和精兵隨你們同去？」

「多謝阿耶，我們幾人足矣，多了也怕打草驚蛇。」她猶豫了一下。「倒是馬叔和馬嬸上了年歲，若是再跟著我們一路風霜疾行，定是吃不消的，女兒便將他們留予阿耶安置。」

「好，只管交給阿耶便是。」

就在此時，裴行眞也溫言求懇道：「卓叔父，還有一人，六郎腆顏，也想託與卓叔父。」

卓盛對上裴行眞可就沒那麼好脾性了，虎眸瞪大。「幹啥？當老子這裡是給娃娃啓蒙的私塾嗎？你自己的人，你自己管去！」

裴行眞這時也索性厚著臉皮用起了纏字訣，笑吟吟輕聲軟語道：「六郎知道卓叔父乃當世難得的豪傑，平生最是敬佩俠義之人，六郎想託予叔父的，恰巧也是個重情重義的鐵錚錚好漢子……」

他便將磨勒過往平生略略提了些許，卓盛在聽到磨勒——「持匕首飛出高垣，疾若翅翎，瞥同鷹隼，攢矢如雨，莫能中之，頃刻之間，不知所向」——之時，不禁撫掌大樂，喝了聲好！

「這般好兒郎，合該是我卓家軍的人，」卓盛激動興奮地搓了搓手，看裴行眞也不禁順眼了幾分。「英雄不論出處，崑崙兒不崑崙兒的，半點干係也無，既然你引見了，叔父也不是那等冥頑固執的老頭兒，你現下就將他請來，若他願意，今日就做我親兵，隨我左右，日後自然能搏個好前程。」

「叔父高義。」

靈州城不小，就在裴行眞對空放出了一枝哨箭通知磨勒前來相見時，卓盛也沒空閒著，他先吩咐左右副將去做那戰後救治、安撫百姓的工作。

卓家軍打慣了仗，平時又訓練調度有素，很快地就有軍醫小隊迅速去聯繫當地醫館，統一照料傷兵傷患。

卓家幕僚和文士也火速接管了靈州城府衙，做民生庶務的安排，甚至將裝醉酒不知發生了兵禍的靈州刺史給看管了起來，以待自家大將軍具折上奏聖人，由聖人裁奪。

只是卓家文士卻在刺史府內發現了一名俊秀男子的屍體，看衣衫服制應是刺史府的幕僚或屬官，此人是中毒而亡，掌心裡緊緊攢握著一支鑲嵌著紅色寶石的簪子，拳頭貼靠在左邊心口處，彷彿是想守護著那份永遠送不出的心意……

✦

此時的磨勒卻是怔怔地看著出現在自己眼前的嬌豔嫵媚女子，他囁嚅了一下，有一剎的不知該如何喚她。

幾息後，磨勒還是低聲道：「紅綃娘子，果然是妳。」

紅綃——壹利吐莊哥——身著斗篷，寬大的帽子掩住了大半張臉蛋，還是掩不住霞光清豔的殊色，只是她凝視著他的眼神隱含複雜和痛楚，似想念又似恨怨。

「你站在大唐那邊？」她問。

摩勒沉默了，方道：「磨勒只是不願見干戈再起。」

「你可知你今日殺了我無數薛延陀的族人？」她美麗眸光痛色冷戾。「你應該明白，高高在上的唐人眼裡，我薛延陀也好，你崑崙兒也罷，都是他們腳下的塵泥，上不了檯面的東西？」

「世道如此，」磨勒深吸了一口氣，黑白分明的眸子陡然湛然生光。「可也並非每個大唐人都是如此，長安有像裴大人和卓參軍那樣光明磊落、公義正直的好官，也有坊間熱情樸實、不分唐人胡人的庶民……老百姓好不容易有個安生日子過，無論哪一方妄興戰火，都不該！」

「你是在崔家為奴當犬多年，骨子裡連一點血性都沒有了嗎？」紅哥氣極口不擇言，尖酸諷刺道：「還是你磨勒天生就喜歡被奴役？沒被人騎在脖子上吆來喝去的，你便不知怎麼過活了嗎？」

只是在話衝口而出的當兒，她立刻就後悔了。

因為她清楚看見了這高大精瘦黝黑卻近乎憨厚的男子，眼底浮現了深深的哀傷，她心中一痛！

半晌後，摩勒沙啞開口：「……全天下的百姓都一樣，不必非要過好日子，可都想能好好過日子，即使淪為奴僕，若能頂上有簷、碗裡有飯，日子都有盼頭。」

紅哥不想懂他的話，她也不屑聽進他的話。

自己不惜以公主之尊偽裝充作了崔家郎君以色侍人的美姬，可她自知胸中有熊熊燃燒的野心和遠大目標，她潛伏、挑撥，都是為了讓大唐各方勢力互相猜忌，讓薛延陀能立於不敗之地，甚至從中噬咬下最大的肥肉與利益。

她和崔家郎君在床榻間翻雲覆雨，也是她將男人玩弄於股掌之間，真情本就無用，唯有到手的權力才是對自身永遠不變的保障。

即便磨勒……曾是唯一能觸動她冷硬心田深處，那一絲絲破天荒的溫暖，但她也絕不會讓他成為自己的軟肋。

紅哥不願與他再爭辯下去，手下心腹精銳已在長史府後院的地道等著護送她潛回薛延陀，時間緊迫，耽擱不得了。

「拿著！」她倏然探手入袖，取出一密綢緊裹的長方之物，高高拋擲給了他。

磨勒本能接住。「這是？」

「拿給裴行眞。」紅哥驀然一笑，美麗眉眼間精光璀璨如豔陽。「轉告他，李郭宗老了，再不配與我壹利吐紅哥合作。這份東西，足以令你們的聖人滿意，這也是我薛延陀對大唐的誠意。」

磨勒不解。

「這份物什是從崔倞書齋密室中盜出的，他藏在裡頭藉機想威脅牽制李郭宗，只不過還沒派上用場，便落入我手。」紅哥冷笑。「大唐這些武將文官沒幾個好東西，面上笑，手裡刀，他們想將我薛延陀視若棋子，可焉知棋子哪一日不會反過來咬了執棋人的手？」

不過比誰棋高一著，誰成王敗寇罷了！

磨勒緊緊握住那份長方之物，難掩震驚。「妳——竟是薛延陀公主？」

壹利吐葒哥深深看了他最後一眼。「那磨勒，你會與我走嗎？」

半晌後，磨勒低垂下了目光。「……公主一路順風勝意。」

壹利吐葒哥笑了，旋即頭也不回地消失在街角。

磨勒閉上了眼，緩緩吐出了胸臆中隱隱刺痛的那口氣。

◆

卓盛大馬金刀地坐在靈州城內衛所衙內，看著面前高大黝黑的崑崙兒磨勒，滿意地點了點頭，咧嘴一笑——

「很好，往後你便跟我了。」

「……」磨勒愣住，迷茫地求助了裴行眞一眼。「裴大人？」

「咳咳。」裴行眞被未來岳父的直率大剌剌給嗆住了，不過他立馬化身大唐最捧場、最知情識趣好女婿，一本正經地對磨勒道：「我卓叔父乃天下數一數二的偉男子、大英豪，更是驍勇善戰、治軍嚴明，若你能在卓叔父帳下效力，便可入大唐軍戶，憑你一身好本領，堂堂正正建功立業。」

磨勒有一剎那的心動和熱血沸騰，可一想到自己崑崙兒的身分，還有……他還未尋到的阿妹，他滾燙熾熱的雄心壯志瞬息間就冷靜了下來。

裴大人爲了他，遍查戶部十一年前長安登記在錄的崑崙兒奴籍，查到了和他阿妹年歲相符的一批崑崙兒女孩兒，被牙儈賣往了朔北胡城。

他本以爲好不容易有阿妹的下落線索，正欣喜若狂，可裴大人卻又告訴他，胡城在隔年，也就是貞觀四年因城主背棄大唐，投靠東突厥，爲突厥大將哥舒元所用，故而在唐軍兵臨城下之時，悍然拒降，唐軍迫不得已只好全力攻城。

只因胡城位處重要關隘，如果未能殲滅哥舒元及突厥兩萬人馬，讓其逃回沙漠與突厥大軍會合，屆時將對大唐戰況不利。

那場大戰，李郭宗率領的唐軍破了胡城，哥舒元和兩萬突厥兵將拚死抵抗，最後雖然兵敗如山倒，可哥舒元卻是個手段陰毒的狠人，早已在城中各處淋上了火油，臨死前大火焚燒整座胡城……讓全城百姓爲他陪葬。

這段驚心動魄的胡城故舊慘事令磨勒備受打擊，可即便紅塵滾滾事過境遷，如今的胡城已經是座斷垣殘壁的死亡之城，他還是堅持往朔北而來，隱身在靠近胡城最近的靈州，四處打聽阿妹的下落。

也許、也許阿妹在賣進胡城前就逃了，也或許買下阿妹的那家胡城人，在貞觀四年前就離開了胡城……

無論如何，他都不能放棄最後一絲希望，要是阿妹還在朔北的某一處等著他這個阿兄來尋呢？

如果連他都放棄了，那麼即便阿妹還活在世上，他們兄妹兩人將永遠沒有團聚的一日。

所以他堅持來到了朔北，裴大人非但不阻止他，還暗中給了他靈州裴家暗線的聯繫之法，並託他在靈州之時，協助注意靈州城有否異動。

靈州位於邊關，恰是與漠南突厥故國疆域和漠北薛延陀三方交界，又是西域往長安必經絲路城池之一。

便是在陰山之戰後，四方靖平，漠南亦有朝廷派來的大都督和兵馬駐守，但畢竟天高皇帝遠，底下的暗潮洶湧，誰也不敢小覷。

磨勒到靈州後便典了家打鐵舖，日常打鐵邊打探消息，這近三月來靈州出現了許多眼生的人，而後更看到了疑似「紅綃」的身影……

他敏銳警覺，便立時放出了裴大人贈與他的雪鴿千里送信。

而後，就是昨日凌晨的突厥攻城兵亂……

「多謝卓大將軍賞識，可磨勒還要尋失散多年的阿妹。」他抱拳恭敬推辭。

「你入我卓家軍，你的阿妹就是他們的阿妹，大家都能幫著你找尋，人多力量大不是？」卓盛濃眉高高挑起。

磨勒大大一震，心中霎時生出滿滿希望來，有些不敢置信能得此好運。「當眞……可以？」

「老子說行就行！」卓盛哈哈大笑，蒲扇大的手高興地拍了拍磨勒的肩頭，饒是磨勒體健身強，也不禁微微痛得瑟縮了一下。

「磨勒見過主人。」磨勒也立刻單膝跪下，握拳抵在左胸。

「不是主人，是將軍。」卓盛親自將他攙扶起來，又熱情地捶了他胸膛一記，不過這次記得輕一些了。

磨勒心頭一熱。「將軍！」

裴行眞和拾娘微笑地看著這一幕，忽然磨勒記起一事，連忙掏出壹利吐紇哥交給他的那長方物什，並將方才紇哥提及李郭宗的那番話盡數轉述。

裴行眞和卓盛眼神銳利一閃，裴行眞接過後，小心打開了那錦綢纏裹的長方物什，赫然見著金燦燦明黃色密旨，打開一看，當頭就是朱紅色的「赦令」！

「卓叔父，您看！」裴行眞看見上頭是聖人字跡，御筆寫著對胡城城主和突厥大將哥舒元的招降赦令。

卓盛大手接過來，粗獷幽深虎眸倏然睜大，聲音頓時緊繃喑啞——

「……上頭竟然已經有了胡城城主和哥舒元的簽押用印？」

如果胡城城主和突厥大將哥舒元已有降意，爲何李郭宗卻說……

卓盛氣得咬牙切齒，差點捏碎了赦牒。

「卓叔父請息怒，」裴行眞面色嚴肅，用巧勁取過赦牒。「此赦牒必須盡速上呈聖人跟前過目，我與拾娘先行護送赦牒回長安——要煩請卓叔父派遣一支精兵，與玄符一同追下安僧扎那批貨，如果不是庫部司多出來又丟失的甲冑還好，若是甲冑，還請務必攔下討回。」

無論那批甲冑走東北方是不是往漠北薛延陀領地而去，抑或是另有他謀，流落在外始終會釀成大禍，也會讓背後之人得逞所願。

「六郎放心，有我呢！」卓盛此時也不與他做意氣之爭了，肅然應允。

拾娘和裴行眞一出衛所，見裴行眞要命人備馬車，拾娘忽然道——

「這赦牒是否越快送到聖人跟前越好？」

「自然。」

拾娘沉吟，握住他的手。「跟我來！」

裴行眞不解其意，卻對拾娘滿滿信任，努力忍住快步時扯疼傷口時的齜牙咧嘴，跟著她到了一隱蔽巷弄內。

「拾娘……」

拾娘輕聲對他道：「你可還記得紅線？」

他一凜。「紅線娘子也在靈州？」

「是，」拾娘低道：「朔北時局本就複雜，赤鳶阿姊同我提過一嘴，說紅線護隨我們回了長安後，又被阿耶安排走了，適才阿耶私下告訴，我方知阿耶早把紅線派駐在靈州城。」

「岳父大人眞是高瞻遠矚。」裴行眞一臉敬佩。

拾娘有一絲赧然尷尬。「還不是岳父。」

「早晚都是。」他看出了她的害羞，心下一蕩，卻也不捨得見她太過無措，便忙問道：「拾娘方才的意思，是要藉紅線娘子可夜行三城的玄妙神通，將赦牒送到聖人手中？」

「我確有此意，」她一頓。「不過紅線這神通不可廣爲人知，尤其若神不知鬼不覺闖入皇宮，甚至貿然出現在聖人面前──」

這天下又有哪個當權者，會不忌憚於能如入無人之境的神妙鬼魅高手？又有誰不怕自己半夜酣睡之時，有人隨時能毫無聲息地取己首級？

「我明白了，這赦牒還是要經由阿耶之手。」他低下頭，悄悄地附在拾娘耳邊道：「慶伯當年是凶名在外的悍盜，最擅長的還有一絕技就是打地洞……聽說聖人曾命暗中命慶伯幫他在某座宮殿打出一條地道，不知通往何處。」

「慶伯還擅打地洞？」她愕然，眨了眨眼。「幫聖人挖了地道後，居然還能全身而退？不被滅口？」

那個胖呼呼笑嘻嘻，裴家別院的老管事慶伯？

「聖人喜慶伯直率質樸，又知慶伯是翁翁的人，怎會滅他的口？」他笑了。

「不過那宮殿平日也是由聖人的親衛重兵把守，不是誰都能藉由地道任意來去的。」

慶伯若是想不驚動外宮的南衙北衙，尤其是李郭宗大將軍的人……走那條地道敲一敲宮殿門，自有聖人親衛將消息送到他老人家面前。

拾娘鬆了口氣，忍不住道：「還是你們長安人會玩。」

裴行貞粲然，眉眼彎彎。「哪裡哪裡，不過是渾身長滿心眼罷了。」

拾娘也忍不住被他逗笑了。

番外貳・斷前塵

——妳當年和霍王勾串想逼朕退位，又是爲了誰？

——朕只給妳一次機會！

楊妃看著上首威嚴冷漠、天威凜凜的聖人，只要口吐一個「殺」字就能隨時要了她性命的「夫君」。

「爲什麼？」她雖淚盈於睫，神情卻很平靜，反問道：「只不過不想命運再掌握在他人手裡，不想再因我前隋公主的身分，隋朝舊臣蔑視於我，李唐新臣敵視於我，還有你……我的夫郎，既要納我卻又處處提防我，連恪兒流有我隋帝楊家的血脈，即便文武雙全、英毅果斷、豁達不爭，還是你這個君父，還有他們兄弟的眼中釘、肉中刺。」

「胡說！」他心頭猛地一痛，怒斥道：「高明和青雀他們何嘗對恪兒兄弟有所分別？明明是兄友弟恭——」

「聖人就不必自欺欺人了。」楊妃諷刺一笑。「毗沙門和三胡與你又何嘗不是『兄友弟恭』？如今安在？」

建成太子小名毗沙門，意指佛門中的守護神，願他能守護大唐百姓和疆土，而三胡則是李元吉的小名。

聖人驟然暴怒，面紅如血，指尖顫抖地直指著她。「妳怎敢——」

「一個是你的阿兄，一個是你的阿弟，幼年也是一起玩大的，可玄武門那一夜，你可曾對他們二人留情？」她嘲弄地笑了。「你問我，霍王為何會謀逆？可笑至極，若非你讓你的狗腿子徐晉忠處處挑撥恫嚇，霍王怎會如驚弓之鳥，不得不被逼反抗？」

聖人咬緊牙關，被自己寵愛多年的妃子字字刺得心頭鮮血淋漓，可面上仍不顯露半點受傷，也冷笑一聲。「若他心中沒有鬼，對朕這個皇兄忠誠至信，徐晉忠如何試探挑弄也無濟於事，不過區區一個徐晉忠，就能令他對朕生出猜忌，可見得他不信朕，朕又如何敢信他？」

楊妃指尖深深陷入掌心間，恨極輕蔑嘲諷道：「聖人自詡英明雄主，又可知你豢養的鷹犬徐晉忠兩面討好，霍王謀反養兵用的銀子，有一半是他在六部中弄來的？可笑！也不知是你在驅使他為你所用，還是你成了他步步往上爬的墊腳之石？」

聖人手裡掐握的那烏絲灟緺，裡頭本就赫然繡著徐晉忠的名字，只是他始終不願輕信這份名單真實性，生怕又是一份廟堂黨爭下的偽證，可楊妃此番話不啻活生生摑了他一巴掌！

他胸口劇烈起伏，幾乎嘔血——

「朕不信！他不敢！」

「徐晉忠若不靠出賣霍王，他如何受你聖人信重，高升拔擢到尚書省二把手的位置？」楊妃卻步步進逼，眼底輕蔑嘲笑之意濃重流淌而出。「那份名單上的人你儘管去查，反正事到如今，我自知再無生機，若聖人還想自欺欺人，妾又何妨？」

聖人因盛怒，太陽穴又突突劇痛起來，他死死強抑下對豆蔻香的上癮渴求，深吸了一口氣，終究鎮定了下來，冷冷道：「那平壽呢？朕又哪裡虧欠平壽了？要妳們不惜私下勾結串聯來對付朕？甚至於東市勝業坊裡買下一處做小梨苑這等風月腌臢之地，收買朝臣打探消息？」

「和平壽無關！」楊妃心一緊。「豆蔻香身丸是我托她向安僧扎採買香料所製，她只是事事聽從於我，她——」

「鮑十一娘已經被朕的人控制住了。」聖人冷冷道。

楊妃臉色煞白。

「好，好得很！一個宮妃，一個公主和一個縣主，在長安王公貴胄間安插美姬嬌妾吹枕邊風，日久挑撥離間、積毀銷骨……」他眼神冰冷，殺氣陡起。「有妳們爲恪兒鋪路，當真美得很哪，想來平壽雖然口口聲聲不願道娘嫁入皇家，可實際上妳們早已談妥條件了罷？」

「恪兒什麼都不知道！」楊妃大驚失色，噙淚衝口而出：「恪兒遠在封地，我所做的一切，他全然不知，他是你的親生兒子，你素來知道他的性情，所有的野心和圖謀都是我一人所爲，你莫牽連於他。」

「住口！」聖人眼眶血絲赤紅。「——是妳毀了恪兒！」

楊妃身子重重一個搖晃，幾欲暈厥，卻還是拚命撐住了，她在這一刻再無半點前隋公主的傲氣，跪了下來，淚流滿面——

「二郎，是我害的你，你將我千刀萬剮都甘願領受，只求你放過恪兒、愔兒。」

聖人拳頭顫抖不已，卻迅速藏於身後，面上依然一片漠色——

「來人！楊妃君前失儀，自今日起幽禁長明宮……無大赦，終生不得出。」

「喏！」

楊妃臉色慘白如紙，哀然一笑，緩緩地磕頭。「謝聖恩。」

在處置完楊妃後，聖人獨坐在榻上，不發一言，直到金烏西墜……

「……孤家寡人。」他喃喃。「眞眞是孤家寡人。」

不一會兒，聖人低低苦笑了起來。

就在此時，黃內監小心翼翼地躡足入內稟報，一顆心突突驚跳——

「聖人，裴相家的慶伯送來一紙裴六郎的密信和赦牒，說要請聖人過目，還有……刑部右侍郎方毅之具折要狀告大將軍李郭宗和……徐晉忠。」

他抬頭，除了眼角僅存的一丁點血色外，神情已然恢復深沉威儀。「什麼？」

黃內監只得又細細稟告了一次。

「傳。」

「喏！」

在聖人看著那份自己於貞觀四年御筆簽出的赦牒時，內心湧現驚滔駭浪，呼吸粗凝濁重了起來。

尤其在聽過跪在殿上方毅之的句句泣血鳴冤時，他腦中更是嗡嗡然巨響不絕。

原來方毅之竟是胡城城主之子，胡城被屠城焚燒那日，他受父命帶著這份赦牒為證，從狗洞中逃出，在死人堆裡偽裝屍體躺了兩日兩夜，一路乞討受盡磨難，好不容易混入長安，本要找父親的好友崔倞為父申冤。

可萬萬沒想到崔倞卻私吞下這份赦牒，意圖滅他口，滿面汙濁狼狽如乞兒不辨面目的方毅之，自朔北千里迢迢逃難入京，早已是驚弓之鳥，機警萬分，見狀不對便轉頭就逃……

後來他改投入徐公徐晉忠門下，被徐晉忠培養成了一柄最好用的刀，徐晉忠和崔倞、李郭宗本就暗中頗有來往交涉，他祕密隱藏於徐晉忠身邊，極力找出線索蒐集證據，爲的就是終有一日爲胡城、爲父母和一百八十三名親族討回公道，以告慰胡城萬千冤魂在天之靈。

「聖人，李郭宗爲貪不世之功，與李衛公一別苗頭，竟不惜一夜屠城放火……聖人！胡城整整死了七萬百姓，七萬條人命啊！」方毅之錐心泣血，渾身發抖。

聖人霍然起身，目眥欲裂——

「——賊子怎敢？他們竟敢殺良冒功？竟敢欺騙朕這麼多年？」

原來……原來他引以爲傲的，內有良臣輔國，外有強將安邦，這國泰民安、萬國來朝的貞觀之治，他自認英明睿智、運籌帷幄，天下人與事盡翻不出他的手掌心，可徐晉忠和李郭宗早在貞觀四年……就讓他這聖人英主成爲了一大笑話！

「黃嚴，關閉九門，命玄甲軍立時兵分二路，前往徐晉忠、李郭宗二人府中，拿人！」

「喏！」黃內監一凜，躬身領命。

聖人玄甲兵一出，徐李二人即使插翅也難飛！

「想來是朕做這個寬厚仁君久了，世人都忘了，這大唐，是朕親手打下的天下。」聖人緩緩地擦去唇邊的一絲腥鹹血味。

番外叄‧囍盈門

——據說那一夜的長安，玄甲軍大舉出動，李郭宗大將軍府內兩軍相接瘋狂廝殺了半夜，最終大門當再度開啓之時，原本富貴錦繡珠玉鋪地卻已是鮮血蔓延出了府外……

粗獷威武貴氣逼人的李郭宗渾身傷痕累累，被鐵鍊緊緊捆縛，面無表情地綑上了馬，押入大牢。

——據說，文人風度翩翩儒雅的徐晉忠，面色發白強自鎮定地被戴上鐐銬，素日的氣定神閒已被眼底一縷驚恐與絕望出賣，腳下有些踉蹌。

——據說，那夜聖人還是嘔了血。

——據說，後來聖人特封了一名新的東突厥可汗，名爲阿史那玄機，即日率領舊部和聖人賞賜的金銀與馬匹，啓程前往漠南突厥故地鎮守，以挾制漠北的薛延陀，隨行隊伍中驚鴻一瞥，似有一紅衣長弓女郎。

——據說，終於自朔北靈州回長安的刑部左侍郎裴行眞，受聖人拔擢任刑部尚書，原劉尚書致仕偕同家人歸鄉。

——據說大唐史上最年輕的裴尚書，上任第一件事就是爲「張生案」中的陸大娘子和崔鶯鶯向聖人求律法外之人情，聖人允可，將兩人殺夫之罪由斬刑改判流放百里。

✦

半年後，裴行眞和卓拾娘大婚。

新婚夜喝完合巹酒的這對新人，裴行眞俊美白皙面容緋紅一片，拾娘則是臉不紅氣不喘，有點意猶未盡地舔了舔唇瓣，咕噥道：「這酒軟綿綿甜膩膩的，沒丁點酒味，沒勁兒。」

裴行眞看著拾娘清豔絕倫的面龐，那點了胭脂的豐潤紅唇，情不自禁輕嚥了口唾液，「是嗎？可我怎覺得今日這酒份外醉人？」

拾娘疑惑，又舔了舔唇瓣回味。「有嗎？」

裴行眞心頭轟地一熱，再也忍不住俯身上前深深攫吻住了她嬌嫩柔軟的唇……

拾娘呆住了，臉頰終於湧現了朵朵紅霞，笨拙而細碎輕喘著，被他吻得彷彿連如何換氣都不會了。

「拾娘，我們終於成親了……」他大手緊緊溫柔憐惜地捧著她的小臉，唇瓣輾轉吸吮舔弄，唇齒間芳唾香澤的清雅沁甜氣息，漸漸相互勾惹纏綿，撩撥得她喘息越發厲害。

拾娘太緊張了，可又被他吻得暈暈然不知天地爲何物，拳頭攢了又鬆、鬆了又攢，直到他修長玉白大手解開了繡釦，溜入嫁衣內貪戀地握住了她一方的白酥豐盈，她驚喘一聲，本能猛地將他翻身欺倒，壓在床上，手緊緊扣住了他那作亂的手腕——

「你……別亂摸！」

裴行眞手腕險些被捏斷，可再疼，也阻不了他對她熾燒如狂的渴望慾念，於是他對她深情勾魂地一笑，趁她一怔，鬆開手的剎那，高大頎長身軀索性大手大腳地攤開在喜床上，一副任卿採擷憐愛的模樣。

「那便由拾娘來亂摸我，六郎絕不反抗。」他清眸深情繾綣地望著位於上方的她，明明就是宛若天外仙人般的出塵，卻是「媚眼如絲」，看得拾娘一陣臉紅心跳，有些不知所措。

「你、你這是做什麼？」她羞赧漲紅了臉，有些破天荒的結結巴巴。

「拾娘想對六郎做什麼，便做什麼。」他大手指尖輕輕撫過她被吻得紅腫誘人的唇瓣。「夜還很長，我們往後也還有長長的一生……我都聽妳的，所以，拾娘現下想對我做甚呢？」

拾娘小臉越發紅灩灩如榴花爛漫，心跳如雷，不過卻也蠢蠢欲動起來。

慶伯昨天給了她不少壓箱的寶貝祕笈，讓她今晚務必拿出來和六郎「親身演練」，不如……現在就試試？
夜，確實還長著呢！

（全書完）

國家圖書館出版品預行編目資料

破唐案.裴氏手札. 卷六, 續枕中記 / 雀頤著. -- 初版. --
臺北市：春光出版, 城邦文化事業股份有限公司出版
：英屬蓋曼群島商家庭傳媒股份有限公司城邦分公
司發行, 2025.02
面； 公分
ISBN 978-626-7282-83-0 (平裝)

857.7 113008197

破唐案‧裴氏手札卷六：續枕中記（完結篇）

作　　者／雀頤
企劃選書人／王雪莉
責 任 編 輯／高雅婷

版權行政暨數位業務專員 ／陳玉鈴
資深版權專員 ／許儀盈
行銷企劃主任 ／陳姿億
業 務 協 理 ／范光杰
總　編　輯 ／王雪莉
發　行　人 ／何飛鵬
法 律 顧 問 ／元禾法律事務所　王子文律師
出　　　版 ／春光出版
臺北市115南港區昆陽街16 號 4 樓
電話：(02) 2500-7008　傳真：(02) 2502-7676
部落格：http://stareast.pixnet.net/blog E-mail：stareast_service@cite.com.tw
發　　　行 ／英屬蓋曼群島商家庭傳媒股份有限公司城邦分公司
臺北市115南港區昆陽街16 號 8 樓
書虫客服服務專線：(02) 2500-7718 / (02) 2500-7719
24小時傳真服務：(02) 2500-1990 / (02) 2500-1991
服務時間：週一至週五上午9:30～12:00，下午13:30～17:00
郵撥帳號：19863813　戶名：書虫股份有限公司
讀者服務信箱E-mail: service@readingclub.com.tw
歡迎光臨城邦讀書花園 網址：www.cite.com.tw
香港發行所 ／城邦（香港）出版集團有限公司
香港九龍九龍城土瓜灣道86號順聯工業大廈6樓A室
電話：(852) 2508-6231　　傳真：(852) 2578-9337
e-mail：hkcite@biznetvigator.com
馬新發行所 ／馬新發行所／城邦（馬新）出版集團【Cite(M)Sdn Bhd】
41, Jalan Radin Anum, Bandar Baru Sri Petaling,
57000 Kuala Lumpur, Malaysia.
Tel: (603) 90563833 Fax:(603) 90576622

封 面 設 計 ／Aacy Pi
內 頁 排 版 ／芯澤有限公司
印　　　刷 ／高典印刷有限公司

■ 2025 年 2 月 11 日初版一刷
Printed in Taiwan

售價／380 元

城邦讀書花園
www.cite.com.tw

ISBN 978-626-7282-83-0